Siegfried Lindhorst

Tote Hoffnung

Die Hoffnung stirbt zuletzt, sagt man.

Auch Insa Petersen hofft, so wie viele Angehörige von Vermißten in ähnlicher Lage es tun. Sie hofft inständig, ihre verschwundene Tochter Marianne wiederzusehen. Christian Landau, der mit seinem kleinen Team des 1. Kommissariats der Kriminalpolizei in Klosterhausen das Schicksal der Vermißten aufklären will, ahnt sehr schnell, dass die Hoffnung der Mutter keine Chance hatte.

Die Handlungen und Personen dieses Romans sind frei erfunden. Ebenso die Namen der schleswig-holsteinischen Orte Klosterhausen, Bansdorf und Flethstedt.

Über den Autor:

Siegfried Lindhorst, Jahrgang 1953, ist Kriminalbeamter in Itzehoe. Seit 1977 hat er mit Mordfällen im Westen Schleswig-Holsteins zu tun.

Ab und zu schreibt er in Anlehnung an seine beruflichen Erlebnisse eine Geschichte auf. Dann hat ihn ein Thema in seinem Beruf als Mordermittler besonders gefesselt.

In seinen beiden bisherigen Veröffentlichungen „… und nichts bleibt, wie es einmal war…" und „ Der Feuerteufel von Evenfleth" schreibt der Autor über die Opfer von Verbrechen und über die Entwicklung eines jungen Menschen zu einem Verbrecher.

Siegfried Lindhorst

Tote Hoffnung

Bibliografische Information der Deutschen Nationalbibliothek
Die Deutsche Nationalbibliothek verzeichnet diese Publikation
in der Deutschen Nationalbibliografie; detaillierte bibliografische
Daten sind im Internet über http://dnb.d-nb.de abrufbar.

© 2010 Siegfried Lindhorst
Umschlagdesign, Herstellung und Verlag:
Books on Demand GmbH, Norderstedt
ISBN 978-3-8391-7753-2

1.

„Nein, nein, nei...".

Mehr konnte sie nicht sagen. Seine großen Hände hatten sich wie eine große, schwere Zange um ihren zierlichen Hals gelegt. Er drückte zu. Fest. Zehn Sekunden. Zwanzig Sekunden. Für Marianne eine Zeit bis zur Ewigkeit. Sie spürte genau, dass sie seinen Angriff nicht abwehren konnte. Panik stieg in der achtundzwanzig Jahre alten Frau auf. Sie zappelte verzweifelt mit Armen und Beinen. Das machte ihn noch rasender. Er ließ nicht los, drückte weiter eisern zu. Das letzte, was Marianne bewußt wahrnahm, war sein zur Fratze verzerrtes, haßerfülltes Gesicht. Die Augen bösartig geöffnet, der Mund wie bei einem wild knurrenden Hund verzogen. Ein letztes Aufbäumen noch, dann fiel ihre bescheidene Gegenwehr in sich zusammen.

Gerwin Schmöck merkte, dass in Mariannes Körper etwas geschehen war. Er lockerte seinen Griff etwas, fuhr dann jedoch erschrocken zusammen, als er ein reflexartiges Röcheln bei seinem Opfer wahrnahm und drückte hastig, nun aber noch stärker wieder zu. Seine beiden Arme zitterten von der enormen Kraftanstrengung.

Erst nach Minuten löste Gerwin Schmöck, der arbeitslose Fernfahrer, die Umklammerung am Hals seiner Ex-Freundin.

Marianne Petersen lebte zu diesem Zeitpunkt nicht mehr.

Die Dämmerung hatte schon eingesetzt, als der alte, ungepflegte Nissan-Kombi von Schmöck auf dem Pendlerparkplatz an der Autobahn 23 bei Flethstedt gestartet wurde. Schon nach wenigen Metern war das Auto von dem Platz aus nicht mehr zu sehen.

Es entfernte sich, ohne dass die Beleuchtung eingeschaltet worden war, auf einem kilometerlangen so gut wie nie genutzten holperigen Plattenweg, der durch die einsame Feldmark weit hinter Flethstedt in eine Art Niemandsland führte.

*

Wiebe Thomsen war beunruhigt.

Immer wieder schaute sie auf den kleinen Anbau, den sie und ihr Mann Johann vor gut zwei Jahren an die junge Frau aus Elmshorn vermietet hatten. Es war zwar nur eine kleine Wohnung, die Marianne Petersen sich leisten konnte, und so war die gelernte Großhandelskauffrau richtig zufrieden, dass Wiebe und Johann Thomsen ihr die Wohnung in dem Anbau ihres großen Hauses anboten. Johann Thomsen war Inhaber des gleichnamigen Fuhrbetriebes in Bansdorf, ein kleiner, aber lukrativer Betrieb, der durch Festaufträge der großen Papierfabrik im 20 Kilometer entfernten Glückstadt sicher und ohne Not durch die wirtschaftlich schwierigen Zeiten um die Jahrtausendwende gesteuert werden konnte. Thomsen war froh, dass Marianne Petersen in seinem Betrieb arbeitete, denn aus gesundheitlichen Gründen war er nicht mehr in der Lage, die Disposition für seine sechs Volvo-LKW ständig zu gewährleisten. Der neunundfünfzig Jahre alte Johann Thomsen war Dialysepatient und mußte zweimal in der Woche von seiner Ehefrau zur Dialyse ins nahegelegene Elmshorn gebracht werden. An diesen Tagen fehlte jemand in dem Büro, das in dem Wohnhaus von Familie Thomsen eingerichtet war und eigentlich nur aus einem Raum bestand, in dem zwei Schreibtische, ein PC, zwei Telefone und ein Faxgerät aufgestellt worden waren.

Vor zwei Jahren, als Johann Thomsen die niederschmetternde Diagnose im Elmshorner Krankenhaus erfuhr, hatte er von der Krankenschwester Insa Petersen erfahren, dass sich ihre Tochter Marianne beruflich verändern wollte. So ein Großbetrieb wie die Pinneberger Dachpappenfabrik sei auf Dauer nichts für Marianne, die zwar in Pinneberg ihre Lehre gemacht und aufgrund ausgezeichneter Leistungen auch noch weiter in der Fabrik arbeitete, vornehmlich als Disponentin für die firmeneigenen Lkw. Nachdem Marianne sich jedoch ihren Hund Senta, eine schwarze Labrador-Mischlingshündin, zugelegt hatte, da mochte sie nicht mehr in Pinneberg arbeiten. Ein Leben auf dem Lande schwebte der jungen Frau vor, die nach einigen sehr herben Enttäuschungen lieber alleine bleiben wollte.

Johann Thomsen überlegte in seiner Not nicht lange, als Schwester Insa ihm dies erzählte. Er stellte die Tochter seiner Elmshorner Kranken-schwester ein. Außerdem stellte ihr dazu noch die kleine Wohnung im

Anbau zur Verfügung, was Marianne Petersen höchst erfreut angenommen hatte.

Senta bellte nun schon seit Stunden in die Nacht hinein. Da konnte etwas nicht mit rechten Dingen zugehen, fand Wiebe Thomsen. Marianne würde ihre Hündin nie und nimmer nachts allein zu Hause lassen. Irgendwas muß da passiert sein. Um ein Uhr nachts weckte Wiebe Thomsen ihren Mann. „Du, da stimmt was nicht bei Marianne."
„Wie? Was soll da nicht stimmen." Der gerade aus dem Tiefschlaf geweckte Fuhrunternehmer Thomsen war nicht begeistert, um diese Uhrzeit seinen Schlaf opfern zu müssen. Der folgende Tag war ein Montag und würde bestimmt anstrengend werden.
„Marianne läßt nie den Hund so lange alleine. Der bellt jetzt schon seit Stunden."
„Vielleicht hat sie sich neu verliebt. Seit der Affaire mit dem bescheuerten Schmöck hatte sie doch nichts mehr mit Männern." Johann Thomsen sah die Sache aus einem anderen Blickwinkel. Marianne Petersen war eine noch junge, gut aussehende Frau. Sie hatte zwar vor zwei Jahren davon gesprochen, dass nie wieder ein Kerl über ihre Türschwelle komme. Dieses 'Gelöbnis' hielt tatsächlich über ein Jahr, und Johann wollte sich schon Sorgen machen, dass eine so nette Frau wie Marianne ganz ohne Mann sein sollte. Na ja, wenn Johann Thomsen ehrlich mit sich selbst war, dann mußte er zugeben, dass er sich gelegentlich bei dem Gedanken ertappt hatte, selbst einmal mit Marianne Petersen auszugehen. Das waren aber nur Gedankenspiele eines Endfünfzigers, der sehr schnell an die damit verbundenen Unannehmlichkeiten - seiner Wiebe hätte er wohl kaum einen Theaterbesuch oder ein exklusives Essen in einem ebensolchen Restaurant verheimlichen können - denken mußte und es dann eben bei diesen schönen Gedanken sein ließ. Dennoch spürte Johann Thomsen etwas wie Eifersucht, als Marianne Petersen mit dem ihm suspekten Gerwin Schmöck ausging. Schmöck war Aushilfsfahrer in Thomsens Firma. Und manchmal war Firmenchef Thomsen auf diesen Aushilfsfahrer angewiesen, wenn ein Fahrer zum Beispiel wegen Krankheit ausfiel. Dann war Schmöck zur Stelle und übernahm den LKW. In seiner Arbeit war der fünfunddreißig Jahre alte Schmöck zuverlässig. Johann Thomsen und auch seine

Mitarbeiter des Fuhrunternehmens mochten den Mann aber nicht gerne, weil er sehr verschlossen war, nie etwas von sich erzählte.

Umso unverständlicher war es, dass die in der Firma Thomsen sehr beliebte Marianne Petersen ein Verhältnis mit Gerwin Schmöck einging. Es blieb nicht geheim, dass Schmöck die schlanke Frau mit der sportlichen Kurzhaarfrisur an den Wochenenden abholte und mit ihr ausging. Übernachtet hat Schmöck allerdings nie in der kleinen Wohnung seiner Marianne. Er blieb ab und zu nach Feierabend bei seiner Freundin zum Abendessen. Vornehmlich an den Wochenenden verabredeten sich die beiden zu ausgedehnten Ausflügen. So unterschiedlich Marianne Petersen und Gerwin Schmöck auch waren - sie eine ansteckend fröhliche Person, er ein introvertierter, grobschlächtig anmutender Unsympath mit leicht schmuddeligem Aussehen - möglicherweise waren die beiden zusammen gekommen, weil auch Schmöck einen Hund besaß.

Seinen Altdeutschen Schäferhund hatte Schmöck sehr oft bei sich, und er erschien auch mit dem prächtigen Tier, wenn Johann Thomsen ihn als Aushilfsfahrer angefordert hatte. Logisch, dass Marianne sich für Schmöck interessierte.

Doch die Freundschaft mit dem Aushilfsfahrer währte nicht sehr lange. Nach fünf Monaten war Schluß. Marianne war nie damit einverstanden gewesen, wie Gerwin Schmöck sein Tier mit einer Lederleine verprügelte. Dabei vergaß Schmöck sich offensichtlich so sehr, dass ihn die Anwesenheit seiner Freundin nicht davon abhielt, wie ein Berserker auf seinen Schäferhund Hassan einzuschlagen.

„Ein Tier darf man nicht schlagen", hatte Marianne ihm mehrfach deutlich erklärt. Sie hatte einige Male miterleben müssen, dass ihr Freund seinen Hund aus nichtigen Anlässen mißhandelte. Ihr war klar geworden, dass Gerwin seinen Hund nur hielt, um seine eigenen Unsicherheiten gegenüber anderen Menschen zu verbergen. Ansonsten bedeutete ihm das Tier nichts. Es störte ihn eher in seinem Egoismus.

„Du bist ein abgrundtief schlechter Mensch. Mit dir will ich nichts mehr zu tun haben. Nur dein Hund tut mir leid." Das waren die Worte, die Marianne Petersen ihrem Freund mit zitternder Stimme vor zwei Monaten entgegen brüllte, als dieser am Wochenende an ihrer Wohnungstür geklingelt hatte. Gerwin Schmöck war auf diese Abfuhr überhaupt nicht vorbereitet gewesen. Mit gesenktem Kopf drehte er sich um und verließ seine Freundin.

Johann Thomsen, der die Szene von seinem Büro aus miterlebt hatte, unterhielt sich anschließend mit Marianne und war sich danach sicher, dass er sich einen anderen Aushilfsfahrer für seinen Fuhrbetrieb suchen würde.

*

„Johann, mach doch", forderte Wiebe Thomsen ihren Mann auf. „Steh' auf und sieh mal in der Wohnung von Marianne nach. Der Hund gibt ja gar keine Ruhe."
Johann Thomsen wußte, dass er dem Ansinnen seiner Frau nachgehen mußte. Sonst würde er sich auch den Rest der Nacht abschminken können. An Ruhe wäre da nicht zu denken gewesen, Wiebe hätte nicht nachgelassen, Johann zu bitten. Wenn sie sich etwas in den Kopf gesetzt hatte, dann konnte Johann sagen, was er wollte. Die gleichaltrige Wiebe hatte immer das letzte Wort. Im Laufe der Jahre hatte Johann sich damit abgefunden, er war ein schweigsamer Mensch geworden - um des häuslichen Friedens Willen.
Es war nun schon zwei Uhr, als der Fuhrunternehmer aus seinem Bett aufstand, sich seinen Hausmantel überzog, das Haus mit einer Taschenlampe in der Hand verließ und zu dem Anbau seiner Untermieterin stapfte. Als Vermieter war er natürlich im Besitz eines Wohnungs-schlüssels. Doch den brauchte er gar nicht. Die grün-weiß gestrichene Holztür zur Anbauwohnung war gar nicht abgeschlossen.
„Merkwürdig", murmelte Thomsen leise in sich hinein, als er die Tür öffnete. Er schaltete das Licht im Flur ein und bemerkte, dass der Schlüssel von innen steckte. Der Hund bellte im Wohnzimmer.
„Senta, komm her." Johann Thomsen war mit dem Labrador-Mischling seiner Mitarbeiterin gut vertraut. Er hörte, wie das Tier an der geschlossenen Wohnzimmertür kratzte und öffnete auch diese Tür. Die Hündin winselte aufgeregt.
Thomsen sah sich in der Wohnung um. Da stimmte tatsächlich etwas nicht. Nicht nur, dass der Schlüssel von innen steckte, in der Küche stand noch das Geschirr vom Mittagessen auf dem gedeckten Tisch. Marianne hatte

ihre Wohnung wohl in aller Eile verlassen. Und das muß kurz nach dem Mittagessen an diesem Sonntag gewesen sein, folgerte Thomsen. Er würde sich mit der Polizei in Verbindung setzen, wenn Marianne am Morgen nicht zurück sein sollte. Gemeinsam mit dem Hund verließ er die Wohnung seiner LKW-Disponentin wieder.

2.

Gerwin Schmöck suchte eine Euro-Münze in den Taschen seiner alten abgewetzten Wachsjacke. Seinen japanischen Kombi hatte er in eine Waschbox der Esso-Tankstelle an der Hamburger Straße in Elmshorn gefahren. Die Waschanlage mit den Hochdruckreinigerlanzen zum Selbstbetrieb war rund um die Uhr geöffnet. Jetzt, in dieser ungemütlichen Oktobernacht um 02.30 Uhr wollte Gerwin Schmöck sein Auto reinigen. Seine Münzsuche blieb erfolglos. Deshalb betrat er den Esso-Shop der Tankstelle. Der dort vom Tankstellenpächter auf Basis von 400 Euro eingestellten Kassiererin Svenja Pahl kam der nächtliche Kunde unheimlich vor. Sein Blick wirkte ungefähr so düster wie dessen verschmutzte dunkle Wachsjacke. Sein Auftreten war unfreundlich, und Svenja Pahl beobachtete den Mann sehr genau. Sie stellte fest, dass auch die Schuhe und die Hose mit Dreck verschmiert waren. Gerwin Schmöck reagierte unwirsch, als er bemerkte, dass er von der etwa zwanzig Jahre alten Kassiererin gemustert wurde.
„Was guckst du so?" fragte er ungehobelt, sah dann aber seine dreckige Kleidung und brummelte dann: „Ich habe mich auf meinem Hof festgefahren. Das war vielleicht 'ne Sauerei."
Svenja Pahl hörte die Erklärung des Mannes, behielt jedoch ihre Vorbehalte und war froh, dass der Kunde sich nur eine Schachtel LM-Zigaretten kaufte. Beim Bezahlen wollte er einen Zehn-Euro-Schein so gewechselt haben, dass er mindestens drei Ein-Euro-Münzen herausbekam. Svenja Pahl schloß richtigerweise daraus, dass dem Kunden, der seinen weißen Nissan-Kombi in die zweite Waschbox links auf dem Hof hinter der Tankstelle gefahren hatte, die Münzen zum Betrieb der Anlage fehlten. Als Schmöck den Esso-Shop wieder verließ, wurde er von der Kassiererin weiter beobachtet. Die Videoüberwachung des Tankstellenbetriebes schloß

auch den Bereich der Waschanlage ein. Svenja Pahl sah, wie Schmöck die Münzen in den Automaten steckte und den Hochdruckreiniger in Betrieb setzte, um das auch durch die Videokamera leicht erkennbar deutlich verschmutzte Auto zu reinigen. Die junge Frau am Tankstellentresen achtete auch auf das Kennzeichen. 'PI - YY 9943' schrieb sie in ihren kleinen Terminkalender, der auf den letzten Seiten Raum für Notizen hatte. Svenja Pahl hatte sich insbesondere bei ihren Nachtschichten in der Tankstelle angewöhnt, bei Auffälligkeiten mit ihren Kunden kleine Notizen in ihren Kalender zu schreiben. Man konnte ja nie wissen.

*

Schon morgens um sieben Uhr hatte Wiebe Thomsen bei Insa Petersen angerufen, weil sie vermutete, sie könne etwas über den Aufenthalt der Tochter wissen. Doch Schwester Insa, so nannte Wiebe Thomsen die Mutter von Marianne, hatte seit drei Tagen keinen Kontakt mehr zu ihrer Tochter gehabt. Nun machte sich auch die Mutter Sorgen. „Eigentlich wollte sie gestern Nachmittag zum Sonntagskaffee vorbeikommen. Ich habe abends noch bei ihr angerufen, aber sie meldete sich nicht."
„Und stellen Sie sich vor, Schwester Insa, der Hund war alleine in der Wohnung. Da stimmt doch was nicht."
„Oh, Frau Thomsen, hoffentlich ist da nichts passiert. Meine Tochter würde ihre Senta nie alleine lassen, und schon gar nicht so lange. Zumindest hätte Marianne sich gemeldet."
Insa Petersen spürte es. Sie wurde nach dem Telefonat mit Wiebe Thomsen immer unruhiger. Marianne war ihre einzige Tochter, und sie war neun Jahre alt, als ihr Vater eines nachts auf der A 23 bei Tornesch tödlich verunglückte. Ein dänischer LKW war voll beladen bei nasser Fahrbahn und mit überhöhter Geschwindigkeit ins Schleudern geraten, hatte die Mittelleit-planke durchbrochen und war dann praktisch ungebremst in den Saab von Jochen Petersen geprallt. Der war sofort tot. Jochen Petersen war ein erfolgreicher Handelsvertreter gewesen, viel unterwegs. Seine Frau hatte sich deshalb immer Sorgen gemacht. „Der Saab ist ein total sicheres Auto, eine halbe Lebensversicherung", hatte Jochen Petersen seiner Insa immer wieder gesagt und versucht, sie damit zu beruhigen. Bei diesem

schlimmen Zusammenstoß mit dem Dänen-LKW war auch der Schweden-Stahl des Saab vergebens.

Insa Petersen hat nicht wieder geheiratet und ihre Tochter alleine erzogen. Kurz nach dem Tod ihres Ehemannes hatte Insa Petersen sich entschlossen, wieder in ihrem alten Beruf zu arbeiten. Als Krankenschwester konnte sie besser ihr eigenes Leid verdrängen. Es hieß, Schwester Insa opfere sich für ihren Beruf auf. Marianne war ein Kind, das der Mutter Freude bereitete. Es gab keine Probleme, weder in der Schule, noch sonst, auch in dem sogenannten schwierigen Alter. So konnte die Mutter beruhigt ihren Schichtdienst im Elmshorner Krankenhaus wahrnehmen, denn Marianne war sehr schnell selbstständig. Dazu beigetragen hat wohl auch die Tatsache, dass Marianne schon kurz nach dem Tod ihres Vater ihren ersten Hund, einen schwarzen Cockerspaniel bekommen hatte, um den sie sich schon vor und noch viel mehr nach der Schule rührend kümmerte. Ihre Liebe zu Tieren pflegte Marianne seitdem durchgehend. Nein, Senta würde sie nie alleine lassen. Mit zitternden Händen wählte Insa Petersen die Nummer der Polizei in Klosterhausen.

3.

„Das hört sich nicht gut an", sagte Christian Landau zu seiner Kollegin Martina Bell, als er den Hörer auflegte. Der achtundvierzigjährige Leiter des 1. Kommissariats der Kriminalpolizei in Klosterhausen runzelte besorgt die Stirn. Ein Zeichen, dass er einen Fall als sehr ernst einstufte. Martina Bell, mit ihren knapp dreißig Lebensjahren die jüngste im fünfköpfigen Team des 1. Kommissariats, sah ihren Chef neugierig an. Gerade war sie von einem Fortbildungsseminar mit dem unheilvollen Namen „Das Überbringen von Todesnachrichten" zurückgekommen. Morgens hatte sie bei der internen Frühbesprechung davon berichtet und preisgegeben, dass sie bei den bisherigen traurigen Anlässen wohl nicht ganz richtig vorgegangen sei. „Ich habe viel zu lange bei den Angehörigen drum herum geredet bis ich zur Sache gekommen bin. Damit habe ich Angehörige unnötig gequält."

Die Oberkommissarin war sehr selbstkritisch. Sie war immer bestrebt, ihre besten Leistungen abzuliefern und darüber hinaus sehr ehrgeizig. Das gab dem Team immer wieder neue Impulse, wenn es galt, schwierige Ermittlungen anzugehen. Zum Team gehörten weitere zwei Beamte. Der dreißig Jahre alte Kriminaloberkommissar Gerrit Nielsen und der zweiundvierzigjährige Kriminalhauptkommissar Lukas Grote, mittlerweile Vertreter des Chefs. Und dann war da noch Claudia Kaufmann, seit über zwanzig Jahren als Angestellte bei der Mordkommission und genauso alt wie Lukas Grote.

Christian Landau brauchte keine große Ansprache, um den übrigen Mitarbeitern zu signalisieren, dass ein neuer Fall sich anbahnte. Martina Bells Frage „Was ist denn passiert?" ließ die anderen im Kommissariat aufhorchen und innerhalb von wenigen Augenblicken waren alle im Dienstzimmer ihres Kommissariatsleiters versammelt. Der strich sich mit der rechten Hand über sein in den letzten Jahren grau gewordenes, aber immer noch volles Haar. Er blickte immer noch ernst, und seine Mitarbeiter sahen ihm an, wie er nachdachte. „Was ist denn?" wiederholte Martina Bell ihre Frage. Sie war ungeduldig und wollte wissen, was auf das Team zu kam. Es dauerte noch einige Momente, bis Landau sein Schweigen brach. „Da ist wieder was in Bansdorf passiert."
„Bansdorf? Da haben wir doch erst vor zwei oder drei Jahren diese verfluchte Raubserie gehabt." Gerrit Nielsen sprach das aus, was alle dachten. „Ja, und vor siebzehn Jahren gab es dort einen merkwürdigen Mord", ergänzte Claudia Kaufmann. Sie hatte sich alle spektakulären Fälle gemerkt. „Aber natürlich wurde der Fall aufgeklärt", machte sie ihren Kollegen Mut.
Landau nickte. Er wußte noch um die großen Strapazen, die die Ermittlungen in beiden Fällen bereitet hatten. Und jetzt sah er Ähnliches auf sich und sein Team zukommen.
„Ja, Bansdorf. Dieser Ort scheint für eine gewisse Qualität zu bürgen, was unsere Fälle angeht. Diesmal ist eine junge Frau verschwunden..." Landau berichtete das, was er von der besorgten Mutter Insa Petersen erfahren hatte.
„Martina, ich finde, du kümmerst dich mit Gerrit um die Wohnung der Vermißten in Bansdorf. Wichtig ist natürlich der Umgang, den Marianne Petersen hatte. Na, du weißt schon."
Der Kommissariatsleiter war sicher, dass Martina Bell gemeinsam mit

ihrem Teamkollegen Gerrrit Nielsen gut geeignet war, die ersten Ermittlungen in diesem Fall zu führen. In früheren Jahren hatte sich Landau diese Dinge vorbehalten. Da er aber mit der Zeit gelernt hatte, dass ein Team davon lebt, wenn Arbeit und Verantwortung delegiert werden, hatte er wegen dieser Entscheidung ein gutes Gefühl. Gerade Martina Bell war in den letzten Jahren immer wieder dadurch positiv aufgefallen, dass sie wichtige eigenverantwortliche Tätigkeiten einforderte. Und sie machte ihre Arbeit gut. Die Sorge, dass Martina Bell möglicherweise ihr Privatleben vernachlässigen würde, um immer im Beruf präsent zu sein, diese Sorge hatte Christian Landau nur ab und zu. Martina war ledig, und, wie Landau es einschätzte, hatte sie die eine oder andere interessante Bekanntschaft wegen ihres Berufes sausen lassen. Das war aber nicht das Problem eines Kommissariatsleiters, sagte sich dieser. Gerrit Nielsen war da ganz anders. Der war auch ledig. Im Gegensatz zu seiner Kollegin lebte Gerrit Nielsen sein Leben auch außerhalb des Dienstes. Wenn Landau beide Charaktere des Teams Bell/Nielsen betrachtete, dann konnten diese unterschiedlicher nicht sein. Aber sie ergänzten sich, und kamen bei ihren Ermittlungen zu sehr guten Ergebnissen. Das beruhigte den Chef vom 1. Kommissariat, und deshalb schickte er die beiden los nach Bansdorf.

4.

„Aufmachen! Polizei!"
Gerwin Schmöck fuhr hoch. Er hatte sich mittags hingelegt. Kaum geschlafen hatte er in der Nacht. Und jetzt dieser Lärm. Er hätte es wissen müssen, dass die Polizei ihn zuerst befragen würde, wenn Marianne Petersen nicht mehr nach Hause kommen sollte. Er hatte es auch gewußt. Nur, dass alles so schnell passierte, überraschte ihn dann doch.

„Hassan, komm' da von der Tür weg!" Mit schneidenden Worten befahl Schmöck seinem Tier, den Weg zur Wohnungstür freizugeben. Dort hatte sich der Schäferhund sofort postiert, als es laut an der Tür polterte. Ein nicht als ungefährlich zu deutendes Knurren war die Reaktion des Rüden, als von draußen gerufen wurde. „Herr Schmöck, öffnen Sie die Tür! Hier ist die Polizei."

„Moment, ich sperr' nur noch den Hund ins Badezimmer." Gerwin Schmöck hatte nicht vor, sich gegen den Hausbesuch der Polizei zu wehren. Damit hatte er ja gerechnet. Er brachte den sich sträubenden Hund ins Bad, schloß die Tür ab und öffnete die Tür seiner Zweizimmerwohnung.

„Herr Schmöck?" Gerrit Nielsen sprach den Wohnungsinhaber mit Namen aber dennoch fragend an. Der nickte. „Ja, das bin ich, Schmöck, Gerwin Schmöck." Nielsen versuchte gleich zu Beginn des Gesprächs mit Schmöck einen alten, billigen Trick und mußte sich dafür den bösen Blick von Martina Bell einfangen. Die war für derartige Billignummern überhaupt nicht zu haben. Aber Oberkommissar Nielsen versuchte es trotzdem, weil er vor zwei Jahren mal einen jugendlichen Handtaschen-räuber damit reingelegt hatte.

„Tja, Herr Schmöck, Sie wissen ja, warum wir kommen."
Gerwin Schmöck sah den Beamten fragend an, blieb äußerlich ganz ruhig und sagte kein einziges Wort. Einzig und allein ein kleines Aufflackern in den Augen war die von Schmöck nicht gesteuerte Reaktion. Die nahm Martina Bell wahr und schüttelte innerlich den Kopf über das dilettantische Vorgehen, das ihr Kollege an den Tag legte. Natürlich war Gerwin Schmöck derjenige, den es galt, äußerst gründlich zu überprüfen.

Wiebe und Johann Thomsen hatten den Ermittlern der Kriminalpolizei Klosterhausen selbstverständlich von der merkwürdigen Verbindung ihrer Untermieterin Marianne Petersen mit dem unsympathischen Gerwin Schmöck erzählt. Auch von dem abrupten Ende der Beziehung war berichtet worden.

Christian Landau, der mit Lukas Grote zusammen die Mutter von Marianne Petersen aufgesucht hatte, war ebenfalls auf Gerwin Schmöck gestoßen worden. Insa Petersen war wegen dieser auffälligen Beziehung ihrer Tochter richtig unglücklich gewesen. Beruhigter war die Mutter erst, als ihre Tochter von dem 'Aus' dieser Freundschaft erzählt habe. Und danach oder gar während dieser Beziehung zu Schmöck hatte Marianne keine weiteren Bekanntschaften.

Nein, dieser Gerwin Schmöck war schon eine intensive Überprüfung wert. Lukas Grote, mit Spitznamen der ‚Genaue' im 1. Kommissariat, hatte auch noch herausgefunden, dass Schmöck bereits viermal mit der Polizei zu tun gehabt hatte. Erstmals vor gut zehn Jahren, zuletzt vor einem Jahr. Jedesmal war es ein sogenanntes Rohheitsdelikt, genauer gesagt waren es drei Körperverletzungen und ein Fall von Widerstand gegen einen Polizeibeamten.

Der Chef vom 1. Kommissariat hatte das Team Bell/Nielsen für die Überprüfung des Schmöck eingeteilt. Martina Bell war mächtig stolz über diesen Auftrag. In früheren Zeiten hätte der Kommissariatsleiter diese Arbeit zumindest mitgemacht. Aber irgendwie war Christian Landau anders geworden. Er ließ die anderen im Kommissariat auch mal ran an die ganz wichtigen Dinge. So, als wolle er sehen, wie es denn ohne ihn klappen würde. Martina Bell wollte ihn nicht enttäuschen. Aber wie sollte das wohl gehen, wenn ihr Partner so eine dämliche Anfängertour versuchte. Der wiederholte seinen Spruch. „Herr Schmöck, Sie können sich doch denken, warum wir hier sind. Oder nicht?"

Schmöck fing den Ball auf, der ihm von Nielsen ungewollt zugeworfen wurde. „Nein."

Gerrit Nielsen konnte sich in dieser Situation nicht selbst beobachten, sonst hätte er gesehen, wie er allein schon durch seinen Gesichtsausdruck offenbarte, dass er keinen weiteren Plan für diese Befragung hatte. Das ärgerte Martina Bell maßlos. Hatte sie eben noch etwas abseits hinter Gerrit Nielsen an der Wohnungstür gestanden, so drängelte sie sich nun vor. Sie übernahm jetzt auch das Wort. „Können wir mal reinkommen. Wir müssen etwas mit Ihnen besprechen."

Ihre Stimme wirkte resolut, und auch Gerwin Schmöck merkte, dass nun ein anderer Wind wehte. Martina wiederholte sich. „Können wir rein, oder wollen wir hier auf dem Flur reden, damit jeder mitbekommt, dass Sie Besuch von der Kriminalpolizei haben?" Diese Worte sprach sie besonders laut. Die Kriminalbeamtin wollte Schmöck keinen Spielraum lassen. Sie setzte darauf, dass es Schmöck als Mieter in einem Sechsfamilienhaus nicht gleichgültig sein könne, wenn die anderen Bewohner den ungewöhnlichen Besuch der Kriminalpolizei wahrnahmen. Schmöck wohnte schließlich in der Königsberger Straße, einer Gegend in Klosterhausen, in der überwiegend sehr ordnungsliebende Menschen wohnten. Die hier lebenden Nachbarn interessierten sich noch für das, was nebenan geschah. Wie in ihrer Ausbildung in trockener Theorie gelernt, praktizierte sie die Regel, dass bei einer Befragung oder einer Vernehmung niemals die Rollen getauscht werden dürfen. Das hieß für Martina Bell, niemals das Heft aus der Hand zu geben, immer diejenige zu sein, die den weiteren Ablauf bestimmt. Und gerade diese Grundregel hatte Gerrit Nielsen mit seiner dusseligen Fragerei aufs Spiel gesetzt.

„Ja, kommen Sie rein." Gerwin Schmöck wunderte sich zwar, er änderte aber nicht seine Grundhaltung, das zuzulassen, was er seiner Meinung nach ohnehin nicht ändern konnte. Martina Bell und Gerrit Nielsen folgten dem ins Wohnzimmer zurückweichenden Mann.

„Sie kennen Marianne Petersen?" kam Martina Bell nun zur Sache. Was sollte das Reden um die Sache herum?

„Ja." Schmöck beantwortete die Frage nur kurz und wartete. „Herr Schmöck, wann haben Sie Marianne Petersen zuletzt gesehen?" Die Kriminalbeamtin sprach das Wesentliche an. „Warum wollen Sie das wissen?" Schmöck wich der Frage aus. „Das ist zwar keine Antwort auf meine Frage, aber ich will Ihnen dennoch sagen, warum wir uns dafür interessieren. Marianne Petersen ist nämlich nicht zu Hause. Das ist in diesem Fall sehr ungewöhnlich. Sie kennen die Frau. Deshalb frage ich noch einmal, wann Sie Marianne Petersen zuletzt gesehen haben." Martina Bells Worte waren sachlich und sehr bestimmt. Gerwin Schmöck erkannte, dass er keine dummen Sprüche aufsagen durfte. „Gestern habe ich Marianne zuletzt gesehen."

„Wo und wann?" Obwohl Martina Bell von der verblüffenden Antwort Schmöcks überrascht war, blieb sie äußerlich gelassen.

„Sie hat mich mittags angerufen, weil ich noch ihre Hundeleine bei mir zu Hause liegen hatte. Ich wollte die Leine dann bei ihr vorbei bringen. Das wollte sie aber nicht. Sie kam mir auf der Dorfstraße in Bansdorf entgegen. Ich gab ihr die Hundeleine und machte mich auf den Heimweg."

„Wo haben Sie Marianne Petersen genau getroffen?"

Am Ortseingangsschild, da, wo der Weg zur Mühle in Bansdorf führt. An diesem Weg habe ich angehalten?"

„War sie alleine?"

„Wie meinen Sie das?"

„War sie alleine, oder hatte sie ihren Hund dabei."

„Nein, nein, sie war allein. Wir haben uns auch nicht lange unterhalten. Ich gab ihr die Leine und wünschte ihr noch einen schönen Sonntag. Dann fuhr ich wieder mit meinem Auto nach Hause."

„Wie war Marianne bekleidet?"

„Gott, das sind Fragen. Moment, ich glaube sie trug ihre blaue Jeanshose und ihre braune Lederjacke. Das hatte sie an."

„Sagen Sie, wie verlief der Kontakt mit ihr? Gab es zum Beispiel Stress zwischen Ihnen und Marianne Petersen?"

„Nein, überhaupt nicht. Gut, klar, wir waren mal zusammen, aber das war ja nun nicht mehr. Damit haben wir uns abgefunden. Nein, zwischen uns beiden gab es keinen Streit."

„Das haben wir anders gehört." Gerrit Nielsen, der sich bisher ruhig verhalten hatte, schaltete sich wieder ein. Er hatte den Bericht von Johann Thomsen über den Rauswurf von Schmöck gut in Erinnerung und wollte nun diesen Vorhalt machen. Damit durchkreuzte er die Befragungspläne von Martina Bell, die sich vorgenommen hatte, zunächst alles das von Schmöck zu erfahren, was dieser freiwillig preisgeben wollte. Vorhalte könnte man ihm später immer noch machen. Martina war erbost über ihren Kollegen und ließ ihn das auch spüren. Unfreundlich polterte sie ihn an: „Ich stelle jetzt hier die Fragen, und du hörst bitte genau zu." Nielsen erschrak über diese deutlichen Worte. Er hielt sich aber an die Anweisung und schwieg.

Gerwin Schmöck reagierte auf die Frage des Beamten und tat erstaunt: „Wie, was haben Sie anders gehört?"

„Ist schon gut, Herr Schmöck, der Kollege hat da wohl etwas mißverstanden. Also, gestern gab es keinen Streit, ist das richtig?"

„Ja, das ist richtig", antwortete Schmöck und wußte nicht so recht, was er von der Beamtin halten sollte. Sie machte ihn mit ihrer zielgerichteten Ansprache unsicher, und er hatte Mühe, dass man ihm das nicht ansah. Mehrfach räusperte er sich und fuhr sich mit der Hand über sein Gesicht.

„Dürfen wir uns Ihre Wohnung näher ansehen?" fragte Martina Bell deutlich und fügte erklärend hinzu: „Dann können wir auch sicher sein, dass Sie nichts mit dem Verschwinden von ihr zu tun haben." Diese Worte erschienen dem verdutzten Gerwin Schmöck einleuchtend. Bereitwillig ließ er die Wohnungsdurchsuchung zu. Nur als die beiden Ermittler ins Bad wollten, da zögerte er.

„Der Hund ist da drin."

„Ach, Herr Schmöck, machen Sie man ruhig die Tür auf. Ich bin mit Hunden groß geworden. Der da drin tut uns bestimmt nichts." So war es auch. Schwanzwedelnd kam der Altdeutsche Schäferhund aus dem Bad und begrüßte zumindest die Beamtin, indem er ihre rechte Hand beschnupperte. Gerrit Nielsen fühlte sich da schon etwas unbehaglicher, was der Schäferhund mit einem kurzen Knurren in dessen Richtung quittierte.

„Was haben Sie gestern getragen?" wollte Martina Bell wissen. Sie deutete bei dieser Frage auf einen größeren Haufen ungewaschener Wäsche neben der Waschmaschine.

„Ach, meine Cordhose, die hatte ich an", sagte Schmöck und spürte, wie ihm die Handinnenflächen feucht wurden.

„Und wo ist die Cordhose jetzt?" Martina Bell wußte, dass ihre Fragerei unangenehm für Schmöck wurde. Sensibel, wie Martina nun mal war, fühlte sie, dass irgendwas mit Schmöck nicht stimmte. Deshalb wollte sie ihre Arbeit mehr als genau tun.

„Die ist im Wäschetrockner. Die habe ich heute Morgen gewaschen und dann gleich getrocknet."

„Kann ich die mal sehen, die Hose?" Martina ließ nicht locker.

„Sicher." Schmöck schluckte trocken. Er öffnete die Klappe vom Wäschetrockner und zog seine Cordhose heraus. Sie war sauber. „Gut, Herr Schmöck. Das wär's dann erstmal." Martina tat so, als wäre die Überprüfung beendet.

Beim Verlassen der Wohnung entdeckte sie die Jacke doch. Sie hing an der Innenseite der geöffneten Wohnungstür und wäre fast gar nicht aufgefallen, wenn Schmöck sich an der Wohnungstür nicht so merkwürdig gedreht hätte, so, als wollte er etwas verdecken.

„Was ist das denn?" Martina Bell stellte die Frage ganz beiläufig, so, als sei die Antwort sehr einfach. Die Kripo-Beamtin deutete auf die Wachsjacke an der Tür. „Warum ist die denn so schietig?"

Gerwin Schmöck merkte, dass ihm das Blut in den Kopf schoß und wußte, dass dies nicht unbeobachtet blieb.

„Ich, ich, ich habe mich gestern mit meinem Auto festgefahren." Nun war die Verlegenheit Schmöcks nicht mehr zu überhören. Martina Bell fiel siedend heiß ein, dass sie beinahe einen ganz wichtigen Punkt vergessen hätte. Das Auto von Schmöck.

Zielstrebig fragte sie nach. „Ihr Auto, wo haben Sie das Auto?"

„Es steht unten auf dem Anliegerparkplatz."

„Wenn Sie damit einverstanden sind, dann schauen wir uns das Auto auch noch einmal an. Kommen Sie bitte mit dem Autoschlüssel und zeigen Sie uns das Auto." Die Stimme der Beamtin klang bestimmt, und Gerwin Schmöck wußte, dass er sich nicht sträuben konnte. Dennoch probierte er es. Er wollte es zumindest testen. „Und wenn ich mich weigere, was dann?"

Martina Bell zögerte nur einen kleinen Augenblick, dann sagte sie ihm, was er ohnehin annahm: „Herr Schmöck, wir haben die begründete Sorge, dass Marianne Petersen etwas zugestoßen ist. Sie sagten uns, dass Sie Frau Petersen gestern noch gesehen haben. Damit sind Sie bislang derjenige, der die junge Frau zuletzt gesehen hat. Da Sie uns ansonsten kein Unbekannter sind, halten wir uns natürlich an Sie. Sollten Sie etwas mit dem Verschwinden der Frau zu tun haben, so weise ich Sie jetzt schon zu diesem Zeitpunkt darauf hin, dass Sie als möglicher Beschuldigter das Recht haben, Angaben bei der Polizei zu verweigern. Sie können sich auch einen Rechtsanwalt nehmen. Aber eines können Sie nicht, Sie können uns nicht hindern, unsere Arbeit zu tun. Haben Sie mich verstanden?"

Das war förmlich. Gerrit Nielsen war schwer beeindruckt von der Ansage seiner Teampartnerin. Wie eine Salve waren die Worte der Kripobeamtin auf Schmöck eingeprasselt. Der war zunächst perplex, weil er die Beamtin überhaupt nicht so energisch eingeschätzt hatte. Er lenkte ein.

„Nicht, dass Sie mich falsch verstehen. Selbstverständlich zeige ich mein Fahrzeug vor, und auch sonst helfe ich, wo ich kann." Martina Bell dachte bei diesen Worten Schmöcks daran, dass ihr dieser Mann mit seiner jetzt schleimigen Art vollkommen unsympathisch war. Wie konnte sich eine Frau wie Marianne Petersen nur mit so einem Kerl einlassen? Wie konnte überhaupt eine Frau zu so einem wie Schmöck eine Beziehung haben?

„Dann mal los, lassen Sie uns gemeinsam das Auto ansehen."

Das Kripo-Team ging hinter Gerwin Schmöck, als dieser seine Wohnung im zweiten Stock des sehr alten Wohnblocks verließ, um sein Auto vorzuzeigen. Im gut erhaltenen Treppenhaus, das die Wohlgerüche aller in diesem Block befindlichen sechs Wohnungen zu einem individuellen Geruch vereinte, flötete Schmöck eine den Beamten unbekannte Melodie. Es war wohl mehr eine Verlegenheitsgeste, denn er wußte, dass er gleich wieder sehr unangenehme Fragen beantworten mußte.

Genau so war es auch. Während sich Martina Bell noch einen Augenblick zurückhielt, war es Gerrit Nielsen, der sehr direkt fragte. „Wann haben Sie den Wagen gewaschen?"

„Gestern abend, oder besser heute nacht."

„Wann denn nun? Gestern abend oder heute nacht?" Nielsen vermittelte den Eindruck, dass er nicht lange auf die Antwort warten wollte. Er trat einen Schritt näher an Schmöck heran.

Der beeilte sich. „Heute nacht."

„Wo?"

„ Elmshorn."

Jetzt übernahm die Beamtin wieder das Wort. „Herr Schmöck, lassen Sie sich nicht jedes Wort aus der Nase ziehen. „Wo genau in Elmshorn, und um welche Uhrzeit."

„Das war nach Mitternacht, weit nach Mitternacht. Und das Auto habe ich bei der Esso-Tanke in der Hamburger Straße sauber gemacht. Es war ja so dreckig, weil ich mich festgefahren hatte."

„Herr Schmöck, ich glaube, es ist besser, wenn Sie uns das alles noch einmal auf der Dienststelle erzählen. Wir haben da noch einige Fragen, die Sie uns beantworten sollten."

*

Es wurde ein langes Gespräch, das Martina Bell und Gerrit Nielsen im Vernehmungszimmer des 1. Kommissariates mit dem Ex-Freund von Marianne Petersen führten. Ein sehr langes. Es wurde alles haarklein in einem Protokoll aufgenommen, und es beinhaltete alle von Schmöck erwähnten Angaben. Punkt für Punkt wurde schriftlich festgehalten, was Schmöck am Tag des Verschwindens der Marianne Petersen gemacht haben wollte, wo er sich aufgehalten und mit wem er Kontakt gehabt hatte. Das galt natürlich auch für die Nacht, und das nächtliche Autowaschen in Elmshorn.

Christian Landau ließ das Team Bell und Nielsen machen. Er wollte sich nicht in jeden Ermittlungsgang einmischen, weil er meinte, dass gerade die ehrgeizige Martina Bell sich von ihm bevormundet vorkommen könnte. Sicher, die jeweiligen und wichtigen Ermittlungsrichtungen wurden gemeinsam abgestimmt in den täglichen Frühbesprechungen. Natürlich war dem Leiter des 1. Kommissariats klar, dass mit Gerwin Schmöck die wichtigste Person zur Dienststelle geholt worden war, die es in dem Vermißtenfall zu überprüfen galt. Und selbstverständlich hatte Landau gesehen und gespürt, dass sein Team Bell/Nielsen ganz heiß darauf war, Schmöck durch die Mangel zu drehen, das bedeutete, ihm nach allen legalen Regeln der Vernehmungskunst Fragen zu stellen, Einzelheiten erklären zu lassen und - das gehörte auch dazu - Vorhalte zu machen.

War es in den vergangenen Jahren fast immer so gewesen, dass Landau selbst diese wichtigen Vernehmungen durchgeführt hatte, so war dies heute eine neue Situation.

Claudia Kaufmann, die in vielen Jahren Landaus Vernehmungsprotokolle früher in die Schreibmaschine und später dann in den PC geschrieben hatte, war darüber verwundert, als Martina Bell sie darum bat, die Vernehmung des Schmöck zu protokollieren.

Fragend schaute sie Landau an. „Willst du denn nicht ran an den Schmöck? Solche Leute nimmst du dir doch meistens vor."

Christian Landau schüttelte nur leicht den Kopf und bemerkte: „Das kriegen Martina und Gerrit auch gut hin. Dann sollen sie es auch machen. Mal sehen was dabei herauskommt."

War da eine neue Zeit angebrochen im 1. Kommissariat? Hatte Landau sich verändert? Wollte er vielleicht diese Arbeit nicht mehr? Claudia Kaufmann wußte die Entscheidung ihres Chefs nicht so recht einzuordnen. Sie wunderte sich manchmal über ihn, wie die anderen im Kommissariat auch. Lukas Grote, der Stellvertreter Landaus hatte vor noch gar nicht so langer Zeit in der morgendlichen Kaffeerunde geäußert, dass der Leiter des Kommissariats wohl unter einer Midlifekrise leide. Hintergrund für diese freche Äußerung war, dass Landau wieder verstärkt von seinem Plan erzählte, mit seinem alten Deutz-Traktor, den er in liebevoller Kleinarbeit restauriert hatte, und einem Bauwagen eine mehrwöchige Deutschlandreise zu unternehmen. Ganz allein, ohne seine Frau, die sein merkwürdiges Hobby mit dem Traktor zwar tolerierte, aber davon überhaupt nicht begeistert war. Hatte dieser Plan in zurückliegender Zeit in Ermangelung eines geeigneten Bauwagens den einen oder anderen Dämpfer erhalten, so war er jetzt wieder in Realisierungsnähe gerückt. Landau hatte bei einer Versteigerung eines konjunkturbedingt in Konkurs geratenen altehrwürdigen Klosterhausener Baugeschäfts den Bauwagen ergattern können, den er schon immer haben wollte. Immer wieder schwärmte er seinen Kollegen in letzter Zeit davon vor. Auch seine Zwischenberichte über den Umbau des Bauwagens in ein komfortables Urlaubsgefährt mit Naßzelle, Küchenzeile, Schlafkabine und herausklappbarer Veranda nährten im 1. Kommissariat den Verdacht, dass Landau tatsächlich losfahren würde. Im Mai des kommenden Jahres wollte er die Tour starten, meinte Landau. Das passe sehr gut, weil seine Frau in Bad Kissingen eine Kur machen wollte, dann könnte er ja seinen Traum wahr machen.

Aber hatte dieser Plan wirklich etwas damit zu tun, dass Landau jetzt mal eine wichtige Vernehmung ausließ? Landau sah das ganz anders. Er hatte gemerkt, dass Martina Bell diejenige im Team des 1. Kommissariats war, der er diese schwierige Aufgabe auch uneingeschränkt zutraute.

Sicher, jeder hatte seine Vorzüge im Kommissariat. Zum Beispiel Lukas Grote, der Genaue, der nichts dem Zufall überließ und alles bis ins letzte Detail und in die kleinsten Eventualitäten vorplante. Aber genau deshalb fiel es ihm vielleicht manchmal schwer, seinen eigenen Plan über den Haufen zu werfen, flexibel zu sein. Und Gerrit Nielsen, der immer mal wieder fast geniale Ideen einbrachte, zum Ausgleich dafür auch dann und wann durch Schlamperei glänzte, wenn er in wichtigen Ermittlungsdingen einfach verbummelte, sichergestellte Dinge rechtzeitig an das LKA zur kriminaltechnischen Untersuchung weiter zu leiten. Gerrit Nielsen war auch derjenige im Kommissariat, den man ab und zu nicht erreichen konnte, weil er seit gut zwei Jahren in einer recht erfolgreichen Oldie-Band Musik machte. Landau hatte sich sehr intensive Gedanken darüber gemacht, ob denn das öffentliche Auftreten eines Kriminalbeamten als Musiker wirklich mit den Anforderungen an einen Mitarbeiter der Mordkommission in Einklang zu bringen sei. So richtig war er mit diesen

Gedanken nicht zu Ende gekommen. Eigentlich war Landau nicht dafür, dass Kollege Nielsen mit seiner Musik auch noch Nebeneinkünfte hatte. Doch Landau selbst war ein Fan dieser Musik und hatte keine richtigen Argumente gegen Nielsens Zweitjob.

Da war Claudia Kaufmann, seit zwei Jahrzehnten im Team. Immer dabei, wenn es losging. Sie hatte mit der Büro-Rehbein aus dem Fernsehkrimi „Der Kommissar" nun gar nichts gemein. Von wegen Kaffee kochen für die Beamten und sonst immer schön den Mund halten und freundlich sein. Mitnichten. Claudia Kaufmann war eine Mitarbeiterin, die die traditionellen Werte in ihrem Job hervorragend mit den neuen Gegebenheiten verbinden konnte, ohne das vermissen zu lassen, was einem Team auch Lust und Laune zur Arbeit gibt.

Und eben noch Martina Bell. Die hatte vielleicht das, was Christian Landau bei sich selbst auch am wichtigsten fand. Den Mut und die Entschlossenheit, sich auch in aussichtsloser Lage festzubeißen und so lange zu probieren, bis ein vorzeigbares Ergebnis dabei herauskam. Martina stellte alles Persönliche in den Hintergrund und lebte einen Fall, wie Landau es ausdrückte.

„Wenn du gut sein willst, dann mußt du den Fall leben." Für Landau hatte das in den vergangenen Jahren bedeutet, dass er in etlichen Fällen leben mußte, Opfer begleiten, Täter begleiten, Angehörige von Opfern und Tätern begleiten. Und jeder Fall, den er manchmal über Jahre gelebt hatte, hinterließ in Landau eine kleinere oder auch größere Spur. Er konnte sich an ganz viele dieser Spuren erinnern, sie ließen ihn nicht mehr los.

Jetzt sollte Martina Bell den Fall der Marianne Petersen erleben. Zusammen mit Christian Landau und den übrigen Mitgliedern des 1. Kommissariats.

5.

„Der Typ war vielleicht unheimlich", berichtete Svenja Pahl aus dem Elmshorner Esso-Shop ihre Beobachtungen aus der vergangenen Nacht.

Es war schon gegen Mitternacht, als Martina Bell mit ihrem Kollegen den Gerwin Schmöck nach Hause brachte. Hans Gerlach, der Chef-Spurensicherer der Kriminalpolizei in Klosterhausen war mitgekommen.

Er wollte sich noch einmal das Auto von Schmöck ansehen. Pedantisch, wie Hans Gerlach nun einmal war, ließ er den Nissan auf den Polizeihof schleppen, weil eine noch genauere Spurensicherung, nämlich die Sicherstellung von Haaren, Fasern, Fingerabdrücken und weiteren allerkleinsten und unsichtbaren Dingen dort besser möglich war. Gerlach war da ganz eigen. Er wollte diese Arbeit in Ruhe tun und nahm den Wagen mit. Auch die Wachsjacke von Gerwin Schmöck und nach intensiven Nachfragen auch dessen Schuhe, die mit einer dicken Dreckschicht verschmiert im Keller in einer Einkaufstüte lagerten, nahm Spurensicherer Gerlach mit.

Auf den Einsatz eines Leichenspürhundes in dem Auto verzichtete der Spurensicherungsfachmann. Er wußte, dass ein solcher Hund dann nicht sicher anzeigen konnte, wenn ein anderer Hund seine Spuren in dem Fahrzeug hinterlassen hatte.

Schmöcks Schäferhund war häufiger Mitfahrer gewesen.

Gerrit Nielsen hatte nun gedacht, dass er zum Feierabend noch einen kleinen Cocktail mit seiner Teampartnerin im neuen Klosterhausener In-Treff „Lisa M." trinken könnte.

„Nichts da, wir fahren nach Elmshorn zur Esso-Tanke", war die bedingungslose Aufforderung von Martina Bell zum Weiterarbeiten gewesen. So tauchten beide Ermittler mitten in der Nacht bei Svenja Pahl auf und erhielten interessante Hinweise.

„Und weil der mir so unheimlich war, habe ich extra sein Kennzeichen notiert." Svenja Pahl überreichte Martina ihren Notizzettel mit dem Pinneberger Kennzeichen.

„Ist Ihnen sonst noch was aufgefallen?", fragte die Beamtin.

„Er war ja dreckig, die Jacke, die Hose und die Schuhe. Er sagte mir dazu, dass er sich auf seinem Hof festgefahren hatte und sich dann so eingesaut habe."

„Wo will er sich festgefahren haben?"

„Auf seinem Hof. Davon hat er gesprochen."

Martina sah Gerrit an. Davon hatte Schmöck nichts gesagt. Dann hatte Martina eine Idee. „Sagen Sie, viele Tankstellen werden ja mit einer Videoanlage überwacht, diese hier auch?" „Natürlich, sonst könnte mein

Chef die Versicherungsprämien gar nicht bezahlen. Wenn eine solche Tankstelle wie diese hier nicht mit einer Videoanlage ausgerüstet ist, dann steht sie doch für die Unterwelt auf dem Präsentierteller, das wäre glatt eine Einladung zum Überfall. Bevor mein Chef diese Anlage hatte, wurde unsere Esso-Tanke dreimal überfallen. Ich war glücklicherweise noch nicht hier. Einen Überfall habe ich noch nicht erleben müssen, aber die Fälle von Tanken und dann schnell Abhauen kenne ich schon." Svenja Pahl war gut informiert über die Sicherheit an ihrem Arbeitsplatz. Sie erklärte, dass die Kassetten mit den Videoaufnahmen täglich ausgewechselt und von ihrem Chef insgesamt sieben Tage aufbewahrt werden. Dann würden sie wieder benutzt.

„Wollen Sie die Aufnahme des unheimlichen Kunden aus der letzten Nacht einmal sehen?"

„Natürlich, deshalb habe ich ja danach gefragt", sagte Martina.

Es dauerte nur wenige Augenblicke, dann hatte Svenja Pahl im Büro hinter dem Kassenraum das Videoband aus der vergangenen Nacht in den modernen Wiedergaberecorder eingelegt. Sie erläuterte die Technik. „Wir haben hier insgesamt sechs Kameras, zwei im Kassenraum, vier draußen bei den Zapfsäulen und den Waschboxen. Die Kameras nehmen nacheinander in zeitlichen Sequenzen die Überwachungsbereiche auf. So hat man quasi einen Rundumüberblick, der nur zuerst etwas unruhig wirkt. Man gewöhnt sich an die Reihenfolge der Aufnahmen. Sehen Sie selbst."

Die beiden Ermittler konnten sich in aller Ruhe ansehen, was sich in der Nacht zuvor in und auf der Esso-Tankstelle abspielte. Sie sahen auch, wie der Nissan-Kombi nachts in die Waschbox der Tankstelle hineinfuhr, der Fahrer Gerwin Schmöck austieg, in seiner Wachsjacke herumkramte, in den Tankshop ging und wiederkam, dann einige Münzen in den Schlitz des Waschautomaten steckte, eine Hochdrucklanze in die Hand nahm und den Kombi peinlich genau reinigte. Ein Vorgang, wie er etliche Male in einer solchen Anlage zu beobachten ist. Doch dann stockte den Betrachtern der Videobilder der Atem. Gerwin Schmöck öffnete die Hecktür seines Nissan. Er zog eine Gummiunterlage heraus, legte sie auf den Boden der Waschbox und säuberte diese ebenfalls sehr intensiv.

Dann noch etwas.

Schmöck nahm aus dem Beifahrerfußraum einen geöffneten Klappspaten

und reinigte diesen auch sehr aufwendig mit der Hochdrucklanze. Dann legte er die Dinge zurück ins Auto. „Donnerwetter", raunte Gerrit Nielsen, „das ist ja ein Ding." „Allerdings", entgegnete Martina Bell, „mit dem sind wir noch nicht durch. Können wir das Videoband mitnehmen?"
„Klar doch, wenn es der Polizei weiter hilft." Svenja Pahl war fast ein wenig stolz, der Kripo angeblich wichtige Beweise geliefert zu haben. Sie wußte zu diesem Zeitpunkt noch nicht, um welche wichtige Angelegenheit sich die Ermittlungen drehten.

6.

Christian Landau war früh in seinem Büro. Ungewöhnlich früh. Schon um sechs Uhr saß er an seinem Schreibtisch und grübelte. Am Abend hatte ihn Insa Petersen angerufen. Verzweifelt war die Mutter der Vermißten. Die Ungewißheit um das Schicksal ihrer Tochter zermürbte die ansonsten so robuste Krankenschwester aus Elmshorn. „Herr Landau, ich kann überhaupt keinen klaren Gedanken mehr fassen. Meine Oberschwester hat mich heute nach Hause geschickt, weil ich den Dialyseschlauch bei einem Patienten falsch angeschlossen habe. Ich bin dann nach Bansdorf zu Johann und Wiebe Thomsen. Gott sei Dank haben die beiden Senta in Pflege genommen, sonst hätte das Tier ins Tierheim gebracht werden müssen. Mit Senta bin ich dann stundenlang in der Gegend herumgelaufen. Nichts. Keine Spur von Marianne. Herr Landau, was ist mit meiner Tochter passiert? Sie ist doch so ein gutes Mädchen......"
„Frau Petersen, wir wissen nicht, was geschehen ist. Aber wir tun alles, um das herauszufinden."
Oh, wie hasste Landau diesen Satz. Wie oft hatte er ihn schon gesagt. Ein Ausdruck von Hilflosigkeit. Dieses „... aber wir tun alles ..." paßte eher in einen billigen Fernsehkrimi, aber nicht in diese brutale Wirklichkeit, die einen Menschen an den Rand des Wahnsinns treiben konnte. Nein, Landau wollte den Satz nicht mehr sagen und ärgerte sich, dass er ihn Insa Petersen gesagt hatte.
„Wir melden uns sofort, wenn wir etwas von Marianne erfahren."
Auch mit diesem Satz sprach Landau nicht das aus, was er im Grunde schon wußte. Aber er wollte der Mutter dieses Fünkchen Hoffnung noch

nicht nehmen. Die Hoffnung, dass Insa Petersen ihre Tochter lebendig wiedersehen würde.

Christian Landau fühlte sich schlecht, als er das Telefongespräch mit der verzweifelten Mutter beendete. Aber er konnte ja nicht erzählen, was Martina Bell und Gerrit Nielsen herausgefunden hatten. Die Hinweise waren zu eindeutig, dass Gerwin Schmöck etwas mit dem Verschwinden seiner Ex-Freundin zu tun hatte. Eine lange Diskussion hatte es nachts noch im Kommissariat gegeben. Sollte Schmöck brutal angegangen werden? Oder sollte man warten, wie sich die Dinge entwickeln?

Lukas Grote und Gerrit Nielsen wollten abwarten und sehen, was der nunmehr Verdächtige in Zukunft treiben würde. Lukas Grote meinte sogar, dass ein zu frühes Angehen die Chancen auf eine Aufklärung vereiteln würden.

Martina Bell und Claudia Kaufmann waren unentschlossen. Sie warteten darauf, dass Landau eine Entscheidung für das weitere Vorgehen bekannt gab.

Landau selbst war dafür, dem Verdächtigen nicht mehr soviel Zeit zu lassen. Er wollte ihn angreifen. Brutal. Mit allen erlaubten Mitteln. Mal sehen, was dabei heraus kam.

Landau hatte nachts entschieden, am nächsten Morgen die weitere Strategie in dem Fall bekannt zu geben. Deshalb hatte er die wenigen verbliebenen Nachtstunden auch noch schlecht geschlafen. Hatte hin und her überlegt, wie Gerwin Schmöck anzugreifen war.

Deshalb war der Kommissariatsleiter schon morgens so früh im Büro. Als seine Mitarbeiter kamen, war sein Plan fertig. Er hatte sich die Berichte und die Vernehmungen noch einmal angesehen und miteinander verglichen. Auch die Ergebnisse der Spurensicherung an Schmöcks Fahrzeug lagen zum Teil vor. Alles Hinweise, Indizien, die gegen Gerwin Schmöck sprachen. Aber Beweise? Kein einziger Beweis.

„Wir holen uns den Schmöck heute noch mal", sagte Landau bei der Frühbesprechung im Kommissariat. „Der muß noch mal vor's Brett. Der hat zuviel verschwiegen. Und ein Motiv hat er auch."

Lukas Grote und Gerrit Nielsen verrieten durch ihre Mimik, dass ihnen diese Marschrichtung nicht richtig ins Konzept paßte. Aber sie wußten auch, wenn Landau sich so entschlossen gab, dann hatten weitere

Diskussionen keinen großen Wert.

„Und wer soll ihn angreifen?" wollte Grote wissen, obwohl er sich die Antwort denken konnte. Die kam dann auch prompt.

„Ich mache das", sagte der Kommissariatsleiter. Als er im Gesicht von Martina Bell enttäuschte Züge wahrnahm, ergänzte er: „Aber nicht allein, Martina ist auch dabei."

„Wie willst du Schmöck denn holen. Wir haben doch keine Rechtsgrundlage......", wollte Lukas Grote, der ‚Genaue' die Diskussion der vergangenen Nacht doch wieder entfachen. Christian Landau hatte dazu überhaupt keine Lust und unterbrach die Ausführungen seines Mitarbeiters.

„...wie ich den Schmöck holen will? Mit dem Auto, womit denn sonst."

Diese Ansage war klar. Jetzt wußte jeder im Kommissariat, das Landau wild entschlossen war, bei Schmöck einen Angriff zu wagen. Christian Landau wollte aber keine Mißstimmung produzieren und erklärte versöhnlich: „Natürlich weiß ich, dass wir nichts in den Händen haben, keine Beweise und so. Ich habe die ganze Nacht gegrübelt und bin zu der Überzeugung gelangt, dass wir uns nichts kaputt machen, wenn wir Schmöck heute mal hart angehen."

Bevor er sich mit Martina Bell auf den Weg zu Schmöcks Wohnung machte, verteilte er weitere Aufgaben an Lukas Grote. Er sollte sich im Vorleben des Schmöck umsehen.

Gerrit Nielsen hatte den Auftrag, Kontakt mit der Hubschraubthe erstaffel der Bundespolizei aufzunehmen.

Unverzüglich sollte das Gebiet um Bansdorf abgeflogen werden, um möglicherweise frische Grabestellen oder sonstige Hinweise auf den Verbleib der Vermißten zu finden.

„Das ist interessant", freute sich Gerrit Nielsen. Ihm war klar, dass er für einige Stunden mit den Hubschraubern in der Luft sein würde. Dann hatte er noch eine Idee. „Wäre nicht auch der Einsatz der Wärmebildkameras eine Maßnahme?"

„Richtig", sagte Landau, „die vom BGS haben die Dinger ja an Bord, wenn sie an der Grenze illegale Einwanderer aufstöbern."

*

„Ich will davon nichts wissen", wehrte sich Adelheid Runge an der Wohnungstür, „der Typ hat mir soviel Unglück gebracht, und jetzt kommen Sie und wirbeln alles wieder auf. Ich war froh, dass endlich Ruhe war."

„Frau Runge, verstehen Sie doch, es ist nicht einfach mit dem Mann. Er sagt uns nicht die Wahrheit, und deshalb müssen wir alles über ihn erfahren", sagte Lukas Grote sehr einfühlsam.

Grote hatte ein altes Aktenzeichen der Staatsanwaltschaft ausgegraben. Ein Aktenzeichen zu einer Ermittlungsakte, die sich mit dem Vorwurf der Körperverletzung befaßte. Eine gefährliche Körperverletzung, begangen von Gerwin Schmöck. Eine schlimme Tat, die seine damalige Freundin Adelheid Zott erleiden mußte. Es dauerte nicht lange, da wußte Grote, dass Adelheid Zott mittlerweile durch Heirat den Familiennamen Runge hatte und in der Elmshorner Gerberstraße wohnte.

„Ich möchte darüber nicht mehr reden, das war alles so schlimm damals", jammerte Adelheid Runge an der Wohnungstür. Sie machte keinerlei Anstalten, den Kriminalbeamten Grote in ihre Wohnung zu lassen. Grote wußte aus der alten Ermittlungsakte der Staatsanwaltschaft, dass Adelheid Runge damals vor zehn Jahren nur durch einen Zufall den Überfall ihres Freundes überlebte. Sie hatte sich nach wenigen Monaten von Gerwin Schmöck getrennt, weil er ihr überhaupt keine Freiräume ließ. Er war rasend eifersüchtig. Doch als Siebzehnjährige wollte Adelheid etwas im Leben genießen, wollte in Diskotheken und tanzen und Spaß haben. Ganz anders der ältere Gerwin. Er wollte immer nur mit seiner Freundin alleine sein. Am liebsten in der Natur.

Und als sie eines abends alleine vom Freibad in Klosterhausen gekommen war, da hatte er ihr aufgelauert. In einem dicht bewachsenen Feldweg fiel er sie an, riß sie vom Fahrrad und würgte sie mit beiden Händen. So stark, dass sie kaum noch Luft bekam. Es war ein Glücksfall, dass der Landwirt Helmfried Strömer aus Hörnerkirchen mit seinem Trecker noch nach den Kälbern in der Moorweide sehen wollte und genau zum Zeitpunkt des Überfalls in den Feldweg einbog. Schmöck ließ von seinem Opfer ab und flüchtete. Die Anzeige, die Adelheid Zott bei der Polizei in Klosterhausen erstattete, führte bei Schmöck dazu, dass dieser eine Bewährungsstrafe erhielt. In den weiteren Monaten nach dieser Anzeige kam es immer wieder zu merkwürdigen Geschehnissen, die Adelheid Zott zwar ihrem Ex-Freund zutraute, die ihm aber leider nie nachgewiesen werden konnten. So lagen eines Tages vor der Wohnungstür der Familie Zott zwei tote Tauben, deren Köpfe abgeschlagen waren. Dann erlebte Adelheid mehrfach, dass die Reifen ihres Fahrrades zerstochen worden waren, wenn sie es am Bahnhof in Klosterhausen abgestellt hatte, um mit dem Zug zur Arbeit nach Elmshorn zu fahren. Auch war es einige Male vorgekommen, dass die Handgriffe und der Sattel des Fahrrades mit Kot beschmiert waren. Nein, für Adelheid Zott war klar, dass Gerwin Schmöck sich an ihr rächen wollte. Bei ihren Eltern in Hörnerkirchen blieb sie deshalb nur bis zu ihrem 18. Geburtstag. Sie hatte einen neuen Freund in Elmshorn kennengelernt. Hermann Runge, ihren späteren Ehemann. Beide zogen zusammen, und es kam nur noch ein einziges Mal zu einem Vorfall, den Adelheid ihrem Ex-Freund unterstellte. Als sie an einem Winterwochenende ihre Eltern besuchte, durchschlug ein kleiner, offensichtlich mit einer Schleuder geschossener Stein die Fensterscheibe ihres ehemaligen Jugendzimmers im ersten Stock.

Nach diesem Vorfall hatte Gerwin Schmöck Besuch von Hermann Runge, einem sehr kräftigen jungen Mann, der auch sehr direkt sein konnte. Hermann Runge hat seiner Adelheid nie genau erzählt, was er dem Gerwin Schmöck unmißverständlich klar gemacht hatte. Auch nicht, wie.

Dies alles erzählte Adelheid Runge dem Kriminalbeamten dann doch, nachdem sie eingesehen hatte, dass möglicherweise ein anderer Mensch in Gefahr war. Sie schloß ihren Bericht mit den für den Ermittler resignierenden Worten: „Den Gerwin schätze ich so ein, dass er sich nie von einer Frau demütigen lassen würde. Der würde sich erbarmungslos rächen."

*

Trotz der Vormittagszeit war es ziemlich dunkel im Raum, der ausschließlich für Vernehmungszwecke im 1. Kommissariat zur Verfügung stand. Karg war er eingerichtet, der Raum, in dem schon viele das ausgesagt hatten, was sie eigentlich nie preisgeben wollten. Das relativ kleine Fenster zum Hof des Polizeigebäudes war lediglich mit einer

Jalousie versehen. Der PC-Tisch mit dem Schreib-Computer, an dem Claudia Kaufmann seit Jahren die Vernehmungen live mitschrieb, war nüchtern und sachlich gestaltet. Drei weitere Stühle ohne Armlehne standen sich in einem Dreieck gegenüber und neben dem Computertisch. An den Wänden kein Bild oder sonstiger Wandschmuck.

„Der Mensch, der in diesem Raum vernommen wird, soll sich auf das konzentrieren, was er uns zu sagen hat. Er soll sich nicht an schönen Dingen erfreuen oder abgelenkt werden." Das war die Meinung von Christian Landau, der mit dieser Einstellung eher eine konservative Außenseiterposition vertrat. Der Trend der Vernehmungsexperten ging nämlich eher dahin, eine angenehme Atmosphäre zu schaffen, in der sich auch ein Beschuldigter wohl fühlen konnte, um so eher bereit zu sein, sein Gewissen zu entlasten. Sicher, auch diese Fälle hatte Landau erlebt, dass ein Mensch sich bei einem umfassenden Geständnis entlastet und sich anschließend wohler gefühlt hatte. In solchen Situationen konnte man den Kommissariatsleiter auch einfühlsam und verständnisvoll erleben, wenn er die sogenannte pastorale Tour mit einem Straftäter durchzog. Es gab ja in unzähligen fachlichen Veröffentlichungen Hinweise genug darauf, dass es nicht mehr zeitgemäß sei, einen Tatverdächtigen zum Beispiel anzubrüllen. Auch die Mahnung, dass man einem Verteidiger durch eine solche Behandlung eines Straftäters unnötig gute Argumente in die Hände spiele, man erpresse mit unrechtmäßigen Mitteln Geständnisse, war Landau nicht erst seit gestern bekannt.

Dennoch, der Leiter des 1. Kommissariats der Kripo in Klosterhausen wollte sich nicht unbedingt nur nach neuen Vernehmungsmethoden richten, zumal er mit altbewährten Weisen so manche Vernehmung in die richtige Richtung gebracht hatte. Er war nicht so dafür, über Seiten Lügengeschichten von Beschuldigten aufzuschreiben und dabei auch noch nett zu sein. Wenn sich ein Täter bei ihm dazu entschlossen hatte, die Wahrheit zu meiden und sie durch Lüge zu ersetzen, dann ließ Christian Landau die Geschichte nur so lange protokollieren, bis auch jedem Außenstehenden klar sein mußte, dass der Vernommene sich festgelogen hatte. Dann wurden ihm meistens aber die Widersprüche von Landau vorgehalten, durchaus auch intensiv und mit der gebührlichen Lautstärke. Es ist den von Landau Vernommenen in vielen Fällen dann klar geworden,

dass nur die Wahrheit ein Ausweg aus der mißlichen Situation sein konnte. Nach Ansicht Landaus ist die Vernehmungssituation eines Beschuldigten in fast allen Fällen eine Zwangslage, in der ein gewisser Druck aufgebaut wird. Diesen Druck baute Landau in den meisten seiner Vernehmungen auf. Dieser Druck war manchmal richtig gemein, und das sollte er auch sein. Gerwin Schmöck war auch so ein Mensch, den Landau diesem Druck aussetzen wollte. Anders wäre ihm nicht beizukommen, dachte er. „Der muß richtig froh sein, wenn er uns erzählen kann, was er mit Marianne Petersen gemacht hat", sagte er vor der Vernehmung zu der kritisch dreinblickenden Martina Bell, die ja schon ein längeres Gespräch mit Schmöck gehabt hatte. Sie vertraute allerdings den Fähigkeiten ihres Chefs, der oft genug gesagt hatte, dass ein Straftäter kaum Chancen hätte, wenn er sich auf ein Gespräch mit der Polizei eingelassen hat. Und das hatte Gerwin Schmöck gemacht. Ohne weitere Fragen war er morgens der Anordnung von Christian Landau gefolgt, noch einmal zur Kripo mitzukommen. Ohne Aufbegehren wiederholte er im Vernehmungsraum die Umstände seiner letzten Begegnung mit seiner Ex-Freundin Marianne, nachdem er zuvor ohne Reaktion die Beschuldigtenbelehrung von Landau gehört hatte. Nein, Gerwin Schmöck ließ sich auf das Gespräch mit Landau ein und antwortete auf jede Frage.
„Wie heißt Ihre jetzige Freundin?" Landau dachte sich, dass er jetzt ein unangenehmes Thema aufgegriffen hatte.
„Ich habe zur Zeit keine Bekannte", war die Antwort. Schmöck ließ sich zu keiner emotionalen Regung animieren.
„Wer war Ihre letzte Freundin?"
„Marianne. Aber das mit ihr ist ja schon länger vorbei."
Diese Auskunft war betont sachlich von Schmöck.
„Welche Bekannte hatten Sie vor Marianne?"
„Das spielt hier keine Rolle. Dazu möchte ich nichts sagen."
„Kennen Sie Adelheid Zott?"
Gerwin Schmöck zögerte nur einen kleinen Moment, und die ebenfalls im Vernehmungsraum anwesende Kriminalbeamtin Bell bemerkte wieder das kurze Zucken im Gesicht des Verdächtigen. „Ja, die Adelheid kannte ich, aber das ist schon Jahre her."

Claudia Kaufmann protokollierte die Aussage. Nach jeder Frage und nach jeder Antwort hörte man nur das leise Klickern der PC-Tastatur, das aber nicht störte, eher dazu gehörte und den Eindruck vermittelte, dass jedes gesprochene Wort sofort und nicht mehr veränderbar festgehalten wurde.

„Und? Was gibt es dazu noch zu berichten?" Christian Landau ließ nicht locker, wollte das ansprechen, was Grote ihm kurz zuvor als wichtige Information telefonisch durchgegeben hatte.

Schmöck schluckte mehrfach trocken. Ihm war es sichtlich nicht angenehm, diese Fragen zu beantworten.

„Kann ich ein Glas Wasser haben?"

Landau nickte. Martian Bell ging in die Teeküche und kam mit einem Glas Leitungswasser zurück.

„Da ist noch eine Antwort offen", führte der Hauptkommissar die Vernehmung fort. „Was gibt's wegen Adelheid noch zu sagen?"

„Ich hatte Ärger mit der Polizei. Sie hat mich angezeigt, weil ich sie angeblich gewürgt habe. Das stimmte aber nicht", log Gerwin Schmöck und vermied auffällig, jemanden bei seiner Antwort anzusehen. Er sprach schnell und blickte auf den Fußboden.

Einen kleinen Augenblick lang dachte Landau, er müßte nun schon deutlichere Worte sprechen und dem Verdächtigen diese Lüge vorhalten. Dann sah er auf den Bildschirm, den Schmöck während der Vernehmung nicht einsehen konnte. Claudia hatte dort eine kurze Nachricht notiert. Das machte sie häufig, wenn Landau Vernehmungen durchführte. Für Landau eine gute Hilfe dabei, nichts zu vergessen. „Laß ihn doch weiter lügen. Der lügt bestimmt noch mehr", war die kurze Nachricht von Claudia Kaufmann. Fragend schaute sie ihren Chef ins Gesicht. Der nickte zuversichtlich und fuhr fort.

„Wann und wo haben Sie sich vorgestern festgefahren?"

Wieder kam die Antwort nicht sofort. Schmöck räusperte sich, rieb mit beiden Handflächen auf seinen Oberschenkeln. Er spürte, dass die Innenflächen seiner Hände feucht wurden. Das registrierte aber auch Christian Landau. Er wußte, dass er Schmöck jetzt langsam in die Enge führte.

„Nun? Wann und wo?" Landau setzte nach und drängelte.

„Wann ich mich festgefahren habe?" fragte Gerwin Schmöck umständlich nach, und als Landau nur nickte antwortete er. „Das war abends so gegen 20.00 Uhr."

„Und wo war das?"

„Das weiß ich nicht mehr."

„Wie bitte?"

„Ich weiß nicht mehr, wo das war. Irgendwo in der Feldmark. Ich war mit meinem Hund unterwegs in der Feldmark zwischen Klosterhausen und Bansdorf."

„Wie haben Sie sich festgefahren?"

„Ich bin rückwärts in ein abgeerntetes Feld gefahren und kam da nicht gleich wieder raus."

„Wie haben Sie sich befreit?"

„Ich habe da am Feld ein Brett gesehen und unter ein Hinterrad gelegt. Dann konnte ich weiterfahren."

„Und das ist richtig so?" fragte Landau noch einmal nach.

„Ja, das ist richtig so. Genauso war das", versicherte Schmöck und fühlte sich befreit, weil er auf alle Fragen antworten konnte. Er dachte, das Verhör sei nun vorbei.

Eine falsche Vermutung, wie er wenig später sehr deutlich erfuhr.

Christian Landau ließ die letzte Antwort im Raum stehen, dann wiederholte er ganz langsam die Worte „Genauso war das." Er sah den Verdächtigen intensiv an, rückte näher, kam ihm so nahe, dass Schmöck seinen Atem spürte und sagte dann leise, bedrohlich leise: „Genauso war das nicht, Herr Schmöck, alles gelogen."

Erschrocken blickte Schmöck auf. War bis jetzt die Vernehmung so verlaufen, wie er sie sich auch unter ungünstigsten Bedingungen vorgestellt hatte, so stellten die letzten Worte des Kripobeamten Landau nun alles auf den Kopf.

Der Verdächtige errötete. Seine Atmung ging hörbar schwer. Landau bemerkte dies und sah seine Chance.

Wie ein Pfeil kam seine nächste Frage, gefährlich leise und treffsicher.

„Wozu brauchten Sie einen Spaten, Herr Schmöck?"

Gerwin Schmöck war angeschlagen. Er schluckte wieder trocken. Seine Augen wanderten von Landau, der ihn immer noch fragend musterte, zu Martina Bell, die ihn bewußt nicht ansah.

Auch Claudia Kaufmann am PC würdigte ihn keines Blickes. Sie starrte stur auf ihren Monitor. In diesem Moment hätte man die berühmte Stecknadel fallen hören können. Spannung pur im Vernehmungsraum des 1. Kommissariats.

Christian Landau, der Vernehmungsführer, schwieg jetzt weiter. Ganz bewußt sagte er minutenlang kein Wort, und jeder im Raum spürte, dass das Schweigen zu diesem Zeitpunkt bei dieser wichtigen Frage viel stärker wirkte als hundert Worte. Der Kommissariatsleiter hatte diese recht extreme Variante der Vernehmung, das Aushalten des Schweigens, im Laufe der Jahre als eine sehr wirksame entwickelt. War er in früherer Zeit an einer solchen Stelle eines Vernehmungskampfes - und nichts anderes war es nun - nie müde geworden, einem Beschuldigten ein Argument nach dem anderen um die Ohren zu schlagen, so verhielt er jetzt ruhig und abwartend, als er erkannte, dass Gerwin Schmöck reagieren mußte.

Ja, Schmöck war am Zug.

Landau hatte ihm eine Information gegeben, mit der er nicht rechnen konnte. Woher wußte der Kripo-Mann von dem Spaten? Das konnte der doch gar nicht wissen! Aber wieso sagte der denn etwas von einem Spaten? Gerwin Schmöck war irritiert. Schweiß stand auf seiner Stirn. „Wieso, wieso Spa.. Spaten?" Schmöck stotterte bei seiner Frage. Martina Bell sah ihren Chef an. Der neigte nur leicht den Kopf zur Seite und schwieg weiter, fixierte den Beschuldigten noch intensiver. Dann legte er nach. Und zwar nur mit einem einzigen Wort. Leise, fast gehaucht und doch knallhart kam es heraus. „Klappspaten."

Der Verdächtige rutschte auf seinem Stuhl hin und her. Langsam führte er seine rechte Hand an den Mund und biß sich unbewußt auf den Zeigefinger. Ein Zeichen von großer Ratlosigkeit und Anspannung, deutete sein Kontrahent von der Kriminalpolizei. Der entschloß sich, dem Verdächtigen eine Tür zu öffnen. Allerdings keine, die ihm jegliche Freiheiten gab, sondern eine, die ihm gewissermaßen gestattete, sein Gesicht zu wahren.

„Herr Schmöck, ich habe heute mit einer Frau gesprochen, der ich helfen möchte, helfen muß. Es ist die Mutter von Marianne, die ihre Tochter sucht. Herr Schmöck, ich weiß, dass Sie Marianne zuletzt gesehen haben. Ich weiß aber nicht, was zwischen Ihnen und Marianne passiert ist. Ich bin aber sicher, dass Marianne nicht mehr lebt." An dieser Stelle war das Gesicht des Beamten keine zehn Zentimeter von dem des Verdächtigen entfernt.

Landau fuhr fort: „Ich kann verstehen, dass Marianne Sie sehr verletzt haben muß, als sie Sie vor die Tür gesetzt hat. Dann sind Sie auch noch Ihren Job bei Thomsen los geworden. Dafür konnten Sie sich natürlich auch bei Marianne bedanken. Also gehe ich davon aus, dass es kein freundschaftliches Gespräch war, das Sie mit Ihrer Ex-Freundin geführt haben. Im Gegenteil. Sie waren sauer. Und was sich dann ereignet hat, das wissen nur Sie allein. Es kann alles gewesen sein. Es kann ja sein, dass Sie Marianne gar nicht umbringen wollten. Es ist einfach nur so passiert. Im Streit....... im Affekt.....Sie wollten es doch gar nicht, oder.....? War es so, Herr Schmöck? Richtig?"

Gerwin Schmöck wagte nicht, den Beamten anzusehen. Er drehte sein Gesicht zum Fenster, und Hauptkommissar Landau fühlte den Punkt, den er schon so oft bei Beschuldigten gesucht und gefunden hatte. Dieser Augenblick kurz vorm Umkippen, wie die Kripo-Vernehmer es nannten. Dieses genaue Wissen darum, dass der richtige Verdächtige vor einem sitzt, dass kein anderer gesucht werden muß und dass dieser jeden Moment auspacken und alles erzählen wird.

Gleich würde der Verdächtige Gerwin Schmöck anfangen mit seinem Geständnis. Das wußte Landau, das verspürte Martina Bell und das hoffte Claudia Kaufmann.

Ruhig war es im Vernehmungsraum, nur das laute Atmen des Gerwin Schmöck war vernehmbar. Dieses Atmen ließ den Kampf ahnen, den Schmöck in diesen Augenblicken noch mit sich führte. Es war der Kampf zwischen „Sag es doch, dann ist es vorbei! Dann ist wieder Ruhe!" und „Die können mir nichts! Das steh' ich durch."

Christian Landau ließ den inneren Kampf bei Schmöck zu. Das heißt, er verstärkte ihn noch - durch Schweigen. Ja, Landau schwieg erneut - minutenlang sagte er nichts, schaute unbeweglich auf den Mann, der im Verdacht stand, Marianne Petersen ermordet zu haben.

Endlich räusperte der sich.

Schmöck sagte stockend: „Ich, ich habe, ich hab'......"

„Ja." Christian Landau wollte mit dieser zustimmend wirkenden Äußerung, das er mit einem Nicken verband, dem Mann helfen, über die Klippe zu kommen, endlich das loszuwerden, was ihn so sehr belastete. Er war sehr überrascht, als er hörte, was nun kam.

„Ich will mit meinem Rechtsanwalt sprechen", rutschte es dem Tatverdächtigen heraus. Ein Stöhnen signalisierte, dass Schmöck erleichtert war, diese für ihn bedrohliche Situation überstanden zu haben. Um ein Haar hätte er ein Geständnis abgelegt.

Das wußten alle im Vernehmungsraum.

Landau war nahe dran gewesen, ganz nahe dran.

Aber Gerwin Schmöck hatte in allerletzter Sekunde noch die Kurve gekriegt.

Landau überlegte, dass er den Bogen erst wieder neu spannen mußte, um den Verdächtigen wieder dahin zu bringen, wo er gerade eben noch gewesen war. An den Rand eines Geständnisses. Aber erneut wurde er von Schmöck überrascht. Der stand auf und fragte: „Ist noch was? Oder kann ich gehen?"

Was nun kam, hatte niemand geplant. Landau polterte laut los.

„Sie und gehen? Sie bleiben hier! Gerwin Schmöck, ich nehme Sie vorläufig fest. Sie stehen im Verdacht, Marianne Petersen umgebracht zu haben. Ich sperre Sie ein!" Den letzten Satz brüllte Landau regelrecht in die Richtung des Beschuldigten. Der Kripo-Mann war dabei aufgesprungen und Schmöck fast bedrohlich nahe gekommen.

Dann besann sich Landau und ärgerte sich schon, dass er soviel Energie in die lauten Worte gesteckt hatte. Dabei hätte er es doch besser wissen müssen: Einen wie Gerwin Schmöck kann man nicht mit Brüllen beeindrucken.

Die Gesichtszüge von Martina Bell und Claudia Kaufmann verrieten dem Kommissariatsleiter, dass beide genauso dachten. Und bei Schmöck hatte er sich auch nicht geirrt. Der machte dicht, fragte nur noch einmal ganz förmlich: „Kann ich jetzt mit meinem Rechtsanwalt reden? Rechtsanwalt Delling aus Klosterhausen."

*

„Ja, ja, ich gebe ja zu, das war großer Mist am Schluß."

Christian Landau machte keinen Hehl aus der Beurteilung seiner eigenen Leistung. Zusammen mit seinem Team ging er noch einmal die vergangenen Stunden durch. Die vorläufige Festnahme des Gerwin Schmöck hatte sich zwei Stunden später erledigt, als Landau mit Martina Bell zusammen noch einmal alle belastenden Punkte durchgesprochen hatte.

„Das reicht nicht, Christian", war die ernüchternde Bilanz von Martina gewesen, „damit können wir nicht bei unserem Staatsanwalt Lautenberger ankommen. Der stellt keinen Antrag auf Erlaß eines Haftbefehls."

„Das sehe ich leider ganz genau so", hatte Christian Landau seiner Kollegin beigepflichtet. Es kostete ihn schon einige Überwindung, selbst den mittlerweile im Polizeigewahrsam befindlichen Schmöck freizulassen. Dem überraschten Schmöck hatte er noch gesagt: „Mit der Kanzlei von Anwalt Delling habe ich Kontakt aufgenommen. Herr Delling ist heute den ganzen Tag über in einem Gerichtstermin und erst ab 18.00 Uhr wieder zu sprechen. Sie können ihn dann in seiner Kanzlei aufsuchen. Und noch eines. Das Lied hier ist noch nicht ausgesungen..."

7.

„Mysteriöser Vermißtenfall in Bansdorf"
Dies war die auffallend dicke Aufmacherschlagzeile der 'Klosterhausener Nachrichten' am folgenden Tag. Ein großes Farbfoto zeigte die Vermißte mit ihrer Hündin Senta. Es war im vergangenen Sommer auf einer Grillpartie der Thomsens in Bansdorf aufgenommen worden und das aktuellste Bild von Marianne. Das Team des 1. Kommissariats hatte sich zu dem Schritt entschlossen, die Öffentlichkeit über den Fall sehr ausführlich zu informieren.

Zuvor war Christian Landau noch einmal bei Insa Petersen gewesen. Er wollte der Mutter erzählen, dass es bisher noch keine neuen Hinweise auf den Verbleib ihrer Tochter gegeben hatte. Auch wollte Landau der verzweifelten Frau sagen, dass ein großer Artikel in der Regionalzeitung erscheinen würde. Darauf wollte er sie vorbereiten.

Landau traf eine stumme Frau mit leergeweinten Augen an. In den letzten Tagen war die sonst so aktiv wirkende Frau um Jahre gealtert. Insa

Petersen hatte nach Schätzung des Hauptkommissars ungefähr sein Alter. Dem Ermittler war so, als hätte die Frau bei seinem letzten Besuch noch volles, dunkles Haar gehabt. Jetzt war das Haar grau. Über Nacht grau geworden von der Angst, dass ihrer Tochter etwas Schlimmes zugestoßen war, dass sie ihre Tochter nicht wieder sehen könnte, dass sie vielleicht nie etwas über das Schicksal von Marianne erfahren würde.

„Ein Mensch kann doch nicht so einfach verschwinden", klagte Insa Petersen und sah Christian Landau flehend an, so als müsse er ihr darauf eine plausible Antwort geben.

Landau konnte nur ahnen, welchen Schmerz die Mutter zu erleiden hatte. In vielen Fällen hatte er diesen Schmerz der Mütter gesehen. Manchmal laut herausgeschrien, manchmal stumm in Tränen erstickt, manchmal direkt in den Wahnsinn führend. Was aber sollte er der Mutter sagen? Dass er mit sehr großer Wahrscheinlichkeit davon ausging, Mariannne sei umgebracht worden? Umgebracht von Gerwin Schmöck?

Landau schwankte. Insa Petersen würde ja sowieso erfahren, dass ein erheblicher Verdacht auf Schmöck lastete.

„Frau Petersen, so wie es jetzt steht, müssen wir leider mit dem Schlimmsten rechnen. Der Ex-Freund Ihrer Tochter sagt uns nicht alles. Er steht im Verdacht. Aber die Beweise reichen nicht."

„Wie? Wie Verdacht?" Insa Petersen wußte nicht, was sie mit den Worten des Kriminalbeamten anfangen sollte.

„Das Schlimmste, Frau Petersen, ich befürchte, dass Marianne nicht mehr am Leben ist."

„Nein, das kann nicht sein! Warum denn? Warum denn? Wo ist Marianne? Sagen Sie mir doch, wo ist meine Tochter?"

Christian Landau fühlte seine Hilflosigkeit. Nein, er durfte Insa Petersen keine Hoffungen machen, irgendwelche Floskeln sagen. Er sah die Mutter sehr ernst an und sein Gesichtsausdruck spiegelte die Verzweiflung der Mutter. Er merkte, dass sie ihn verstand. Es war eine Unterhaltung ohne Worte.

Es war nicht nur in der Regionalzeitung zu lesen. Das große Boulevardblatt mit den vier Buchstaben witterte eine Story. Keiner von den Ermittlern des 1. Kommissariats wußte, wie diese Zeitung erfahren hatte, dass Gerwin

Schmöck kein Unbekannter für die Polizei war. Diese Zeitung orakelte öffentlich über den Tod von Marianne Petersen.

„Das hilft uns wirklich nicht viel weiter", murrte Christian Landau, als er die groß aufgemachte Story in seinem Büro las. Er mußte immer wieder an die Not von Insa Petersen denken und daran, was er ihr ganz klar zu verstehen gegeben hatte. Landau war sich nicht sicher, ob das richtig war. „Nee, glaub' ich auch nicht", meinte Martina Bell, „und den Schmöck wird dieser Bericht noch mehr in die Isolation treiben. An den kommen wir dann gar nicht mehr ran."

„Martina, bei Gerwin Schmöck haben wir unsere Trümpfe schon verspielt. Da müßte jetzt etwas aus der Bevölkerung kommen, oder wir müssen uns eine ganz andere Marschroute überlegen." „Ja, das mit einem Hinweis aus der Bevölkerung wäre nicht schlecht. Hoffentlich kommt da was. Aber was meinst du eigentlich mit einer anderen Marschroute. Meinst du, wir müssen einen anderen als Täter suchen?"

„Gerwin Schmöck ist unser Mann, einen anderen gibt es nicht, der für das Verschwinden von Marianne Petersen verantwortlich ist. Über eine neue Marschroute muß ich noch einmal richtig nachdenken, ich habe da so eine Idee...."

Martina Bell sah ihren Chef skeptisch an. Sie konnte sich nicht vorstellen, was man als Polizei noch alles anstellen sollte, um den Fall zu klären. Ihr war auch bewußt, dass ohne das Auffinden von Marianne Petersen oder schlimmer ohne das Auffinden der Leiche der jungen Frau kaum ein Beweis gegen Schmöck zu führen war.

Um in diesem entscheidenden Punkt weiterzukommen, war bereits einiges geschehen. Nach der ergebnislosen Absuche der näheren und weiteren Umgebung Bansdorfs mit dem Hubschrauber waren jetzt Polizisten der Einsatzhundertschaft aus Eutin dabei, das cirka 100 Hektar große Gebiet bis ans Bansdorfer Moor zu durchkämmen. Wie Gerrit Nielsen, der die Absuchmaßnahmen koordinierte, kurz zuvor per Handy aus dem Bansdorfer Moor berichtet hatte, war die Unternehmung nicht einfach. Es führte von Bansdorf aus zwar nur ein Weg in das große Moorgebiet hinein, von diesem gingen aber immer wieder Seitenwege ab, die im Sumpf endeten.

„Wir achten natürlich ganz sorgfältig auf Reifenspuren und sonstige

Veränderungen in der Natur", hatte Nielsen berichtet, der dies ja auch schon bei seinem mehrstündigen Hubschrauberflug auch über dem Bansdorfer Moor getan hatte. Martina Bell dachte an die aufwendigen kriminaltechnischen Untersuchungen im Landeskriminalamt Kiel, die keinen schlüssigen Beweis gegen Gerwin Schmöck ergeben hatten. Wie auch, wenn Marianne Petersen nicht aufgefunden wurde.

Blut war jedenfalls nicht bei der gründlichen Betrachtung von Schmöcks Bekleidung, seines Autos, der nachts in der Esso-Tankstelle gereinigten Gummimatte und des Klappspatens gefunden worden.

Die in dem Nissan von Schmöck gefundenen Haare und die sogenannten Mikrospuren wie die Textilfasern konnten durchaus von Marianne Petersen stammen. Darauf hätte jeder Verteidiger eine einleuchtende Erklärung gehabt, denn Marianne Peters war früher öfter mit Schmöck in dessen PKW unterwegs gewesen.

Die Untersuchung der Schmutzanhaftungen an der Bekleidung erbrachte keine konkreten Zuordnungsmöglichkeiten auf die Frage, aus welchen Regionen der Schmutz stammen könnte.

Also nichts außer Indizien.

Landaus Telefon klingelte.

„1. Kommissariat, Landau", hörte Martina Bell ihren Chef. An seinem Gesicht sah sie, dass er sehr interessiert anhörte, was ihm der Anrufer sagte. Er machte sich nebenbei Notizen.

„Nun geht das auch noch los." Entnervt legte Landau den Hörer auf.

„Marianne ist angeblich gestern in Elmshorn am Bahnhof gesehen worden, sagt der Hinweisgeber. Er hat das Bild heute in der Zeitung gesehen und ist sich fast sicher, dass Marianne gestern Mittag ihm gegenüber in der Regionalbahn gesessen hat."

„Das ist enorm", fand Martina Bell. „Und nun?"

„Nun warten wir mal ab, wo Marianne Petersen in den letzten Tagen sonst noch überall gesehen worden ist."

„Wie meinst du das?" Martina Bell war verunsichert.

„Es ist eine große Gefahr, wenn Bilder von Personen, die gesucht werden, in den Zeitungen auftauchen. Die Menschen, die sich melden, sind sich auch in vielen Fällen sehr sicher, den Gesuchten gesehen zu haben. Die Polizei ist auch dankbar, dass sie sich melden. Nur ist die Gefahr des Irrtums überhaupt nicht auszuschließen. Da werden dann manchmal die Gesuchten zur gleichen Zeit von verschiedenen Hinweisgebern an ganz verschiedenen Orten gesehen. Es ist besser, wenn ein Hinweisgeber den Gesuchten persönlich kennt oder andere Umstände den Hinweis untermauern. Hier in diesem Fall ist es nur so, dass der Hinweisgeber unsere Marianne Petersen auf dem Bild in der Zeitung wieder erkannt haben will. Nicht mehr und auch nicht weniger."

Martina Bell sah ein, dass ein solcher Hinweis nicht gerade fruchtbar für die Ermittlungsarbeit war.

Und es sollten noch mehrere Anrufe dieser Qualität kommen. Landau hatte es geahnt. Marianne Petersen sei in Heide gesehen worden. Ein weiterer Anrufer, der seinen Namen nicht nennen wollte, will sie zwei Nächte zuvor in einem Husumer Bordell gesehen haben. Ein Hinweisgeber entlarvte sich als Hellseher und sah die Vermißte als neues Mitglied einer sektenähnlichen Verbindung, und ein nächster Anrufer pries seine Kunst des Auspendelns an und meinte, er könne mit Sicherheit den Aufenthaltsort von Marianne Petersen auspendeln, dazu benötige er aber einen Gegenstand, der von Marianne selbst stamme.

„Ich kenne Gerwin Schmöck von früher."
Endlich mal ein Anrufer, der vielleicht neue Fakten bringt, dachte Landau, als er den Hinweis von Hilmar Hansen entgegennahm. Hansen war Fernfahrer und hatte seinen LKW-Führerschein vor zehn Jahren zusammen mit Gerwin Schmöck in derselben Elmshorner Fahrschule gemacht.
„Damals war Gerwin Schmöck begeisterter Angler. Er hatte bei Bielenberg sogar ein kleines Angelboot liegen. Ich bin einige Male mit ihm rausgefahren auf die Elbe."
„Und wohin ist Schmöck immer gefahren?" Landau war sehr interessiert, Einzelheiten über den Verdächtigen zu erfahren.
„Na, ich bin ja vielleicht zehnmal mit ihm zum Angeln gewesen. Wir waren immer im Bereich vor Glückstadt. Und wissen Sie, da mache ich mir jetzt schon meine Gedanken."
„Was meinen Sie, Herr Hansen? Welche Gedanken?"

„Tja, als wir da immer wieder vor Glückstadt rumgeschippert sind, da faselte Gerwin Schmöck sehr oft von dem großen Spülfeld, das ist so ein Riesengebiet, praktisch eine Wildnis zwischen Glückstadt und Bielenberg."

„Wie hat Gerwin Schmöck davon geredet?" Christian Landau kannte das Spülfeld bei Glückstadt. Er konnte sich gut vorstellen, dass man in diesem mehrere Hektar großen und seit Jahrzehnten nur der Natur überlassenen Gebiet, eine Leiche verstecken kann. Die würde niemand durch Zufall finden, so undurchdringlich war das Glückstädter Spülfeld, und an vielen Stellen sehr morastig. „Schmöck sprach davon, dass man sich in dem Urwald verlaufen kann, und keiner würde was davon merken, wenn einem dort was passiert. Deshalb ruf' ich an. Vielleicht hat der Schmöck die Frau ja dort ......" Hansen redete nicht weiter. Der Gedanke, dass er mit Gerwin Schmöck selbst einige Male in der Gegend gewesen war, erschien ihm doch zu gruselig.

„Das ist sehr interessant, Herr Hansen. Vielen Dank dafür."

8.

Fünf Tage waren vergangen, und von Marianne Petersen gab es keine Spur. Nur den Verdacht, dass Gerwin Schmöck etwas damit zu tun haben dürfte.

Die umfangreichen Suchmaßnahmen in Bansdorf und Umgebung und auch der gute Hinweis auf das Spülfeld bei Glückstadt brachten nichts Neues. Im Spülfeld war die Absuche ebenso schwierig gewesen, wie beim Bansdorfer Moor. Christian Landau hatte mit Martina Bell am Rand des Spülfeldes gestanden, als die Polizeikette das Feld absuchte. Die Suche war gerade begonnen worden, als Johann Thomsen mit Insa Petersen dort erschien. Die Mutter der Vermißten hatte Senta mitgebracht. Sie hielt die Labradorhündin Senta an der Leine.

„Herr Thomsen war so nett, mich zu begleiten. Er hatte von den Polizisten in Bansdorf gehört, dass Sie hier nach meiner Marianne suchen." In der Stimme von Insa Petersen klang ein vorwurfsvoller Ton durch. Und richtig, der Vorwurf kam. „Mir erzählen Sie ja nichts, Herr Landau."

„Doch, Frau Petersen, das hätte ich Ihnen heute noch erzählt", wählte

Landau behutsam seine Worte.

„Aber wenn meine Marianne wirklich hier sein sollte, dann würde Senta sie doch am besten finden können. Deshalb habe ich sie mitgebracht."

„Das ist eine gute Idee, Frau Petersen. Aber die Polizei hat speziell ausgebildete Suchhunde. Die sind jetzt im Einsatz. Sehen Sie mal da drüben." Der Beamte deutete auf die rechte Seite des Spülfeldes, wo gerade acht Leichensuchhunde mit ihren Diensthundeführern die Suche begannen. „Diese Hunde finden etwas, wenn es hier etwas zu finden gibt." Landau sprach bewußt nicht aus, was hier genau gesucht wurde: Die Leiche der Tochter von Insa Petersen.

Landau war nicht wohl bei dem Gedanken, dass die Mutter dabei sein würde, falls die Leiche der Tochter aufgefunden werden sollte. Er blickte kurz seine Kollegin Bell an. Sie verstand und ging auf Frau Petersen zu.

„Frau Petersen, wirklich, wir melden uns sofort bei Ihnen, wenn hier etwas gefunden wird. Ich kann Sie gut verstehen, dass Sie dabei sein wollen. Aber glauben Sie, es ist besser so, wenn wir Ihnen das Ergebnis mitteilen. Bitte."

„Kommen Sie, Schwester Insa", sagte Johann Thomsen, der die ganze Zeit geschwiegen hatte. Der gestandene Mann hatte Tränen in den Augen. „Kommen Sie, Schwester Insa, wir warten bei mir zu Hause."

„Mein Gott, ist das ein Drama", sagte Martina Bell, als Johann Thomsen mit der Mutter wieder weggefahren war.

„Und wir wissen nicht, wie viele Akte dieses Drama hat", ergänzte Landau nachdenklich.

„Aber das Ende kennen wir."

„Ja, wahrscheinlich."

*

„Wir müssen wissen, was der macht", sagte Christian Landau am Ende dieser ersten Woche intensivster Ermittlungen und Suche im Fall Marianne Petersen.

Es war Freitagabend. Das Team vom 1. Kommissariat wußte, dass an Wochenende nicht zu denken war. Das war aber für jeden im Team selbstverständlich.

„Ich glaube, das hätten wir schon von Anfang an wissen sollen", ärgerte sich Martina Bell.

„Das wäre nicht schlecht gewesen", fand Landau. „Aber so auf die Schnelle eine Observation zu organisieren, das ist nicht so einfach. Das Mobile Einsatzkommando ist sehr schwer für einen längeren Zeitraum zu bekommen. Aber dennoch müssen wir wissen, was der Schmöck treibt. Ich habe heute Morgen schon beim Mobilen Einsatzkommando angerufen. Die sind am Wochenende ausgebucht. Da läuft so eine große Sache. Weil eine Kieler Lebensmittelfirma erpreßt wird, kommt es am Wochenende angeblich zu einer Geldübergabe. Wenn alles glatt geht, können wir am Montag eine Gruppe bekommen, die Gerwin Schmöck beobachtet."

„Rechtlich dürfte es doch keine Probleme geben, oder?" Lukas Grote machte sich über die Gesetzeslage seine Gedanken.

„Ganz und gar nicht, die Anordnung zur Observation geht so durch, da sehe ich keine Hindernisse. Gerwin Schmöck steht unter Verdacht, und nach Lage der Dinge unter Mordverdacht." Für Landau war die rechtliche Seite der Beobachtung von Gerwin Schmöck keine Angelegenheit, die einer tiefgründigen Erörterung bedurfte. Ihm war an diesem Freitagabend wichtig, was bis zum Einsatz des Observationsteams geschehen sollte.

„Das machen wir selbst", damit sprach Martian Bell das aus, was Landau selber auch dachte. Er nickte zufrieden.

„Meinst du nicht, dass Schmöck den Braten riecht und uns entdeckt", zweifelte Lukas Grote. „Hier in Klosterhausen kann man doch keine Stunde unentdeckt irgendwo stehen und gucken." Martina war genervt. Schon als Grote die rechtlichen Aspekte der Observation ansprach, drehte sie mit den Augen. Die Zweifel, die Grote nun anmeldete, paßten ihr nicht. Sie war eben anders als der ‚Genaue'. Sie sagte es ihm mit deutlichen Worten. „Ob etwas klappt oder nicht, das sieht man erst, wenn man etwas versucht. Wenn wir uns geschickt anstellen, dann merkt Schmöck nicht, dass er observiert wird. Das mußt du als ehemaliger Rauschgiftfahnder des Landeskriminalamtes, der Behörde mit dem höheren Sachverstand, doch wissen."

Lukas Grote wollte sich von Martina Bell keine Vorschriften machen lassen. „Genau, ich weiß, dass man mit einer verpatzten Observation eine ganze Ermittlung kaputtmachen kann. Deshalb überlege ich immer vorher, was alles passieren kann."

Claudia Kaufmann, die die ganze Zeit geschwiegen hatte, bemerkte die aufkommende Mißstimmung. Beschwichtigend griff sie ein. „Ich finde, das ist überhaupt kein Grund zum Streiten. Martina hatte eine gute Idee, und Lukas hat richtigerweise seine Bedenken erwähnt. Hier in Klosterhausen kann man wirklich nicht lange unsichtbar bleiben. Aber ich habe da eine gute Idee."

Christian Landau freute sich über das Eingreifen von Claudia. Auch er war nicht damit einverstanden, dass in seinem Team gestritten wurde. Interessiert erwartete er ihren Vorschlag.

„Ich war doch im Sommer mit meinen Leuten vom Schwimm-Club Klosterhausen auf Fehmarn zum Tauchen. Dafür haben wir extra einen alten Mercedes-Transporter umgebaut. So als Basis-Fahrzeug, in dem man auch mal eine Nacht bleiben kann. Das Auto ist doch ideal zum Observieren. Es hat an den Seiten hinten Bullaugen und im Heck verdunkelte Scheiben."

„Mensch, Claudia, das Ding ist gut", urteilte Martina begeistert. Auch Gerrit Nielsen nickte zustimmend. Er hätte zwar an diesem Freitag Übungsabend mit seiner Oldie-Band, aber der Dienst ging vor. Lukas Grote schaute zwar noch ein wenig kritisch, doch so allmählich hellte sich sein Gesicht wieder auf. Er beteiligte sich konstruktiv an der Diskussion. „Der Transporter darf nicht hinter Gerwin Schmöck her fahren. Das wäre zu auffällig."

„Das ist richtig", fand Martina. „Aber unsere vier Jungs von der Fahndung haben ihre beiden Autos geschickt getarnt. Man kommt im Leben nicht auf die Idee, dass es sich um Polizeiwagen handelt."

„Da sagst du überhaupt was", meinte Landau. „Die vier Fahnder können wir bei dem Einsatz gut gebrauchen. Die müssen uns unterstützen."

Wie sonst immer bei großen und aufwendigen Ermittlungen des 1. Kommissariats üblich, waren die vier Fahndungsexperten von der Kripo Klosterhausen bisher noch nicht in den Fall ‚Marianne Petersen' eingebunden. Das könnte von Vorteil sein, dachte sich Landau. So hatte noch keiner der Fahnder mit Schmöck Kontakt gehabt.

„Ja, machen wir denn nun die Obsevation?" fragte Martina Bell.

„Natürlich", sagte Landau. „Die Idee mit dem Wagen vom Schwimm-Club als Abdeckwagen, in den keiner reingucken, aber aus dem man prächtig herausschauen kann, ist richtig gut. Den stellen wir auf den Parkplatz am Haus von Gerwin Schmöck. Von dort kann man auch seine Wohnungs-fenster beobachten." Landau bat Claudia Kaufmann, den Schwimm-Club-Transporter heranzuschaffen.

„Kann ich auch mitmachen beim Einsatz?" fragte Claudia, als sie losging. „Ich bin es ja schließlich, die das tolle Beobachtungsvehikel besorgt."

„Na klar", antwortete Landau. „Wir müssen uns sowieso in zwei Schichten um die Sache kümmern. „Weil du den Wagen holst, bleibst du auch mit Lukas zusammen bis morgen früh gegen fünf Uhr in dem Wagen. Dann wird getauscht. Dann machen Martina und Gerrit die Tagesschicht."

„Okay", freute sich Claudia auf den Einsatz. Endlich mal etwas anderes als nur die Schreibarbeit. Sie stellte sich die Observation eines Menschen als etwas Aufregendes vor. Ganz anders sah Lukas Grote die Aufgabe. Er hatte bemerkt, dass Claudia sich so auf den Einsatz freute. Nüchtern sagte er dazu: „Mensch, Claudia, das ist ein ganz harter und langweiliger Einsatz. Stell' dir vor, der Schmöck sitzt den ganzen Abend vor dem Fernseher und geht anschließend zu Bett. Nimm dir bloß deinen Walkman mit."

„Ich glaube nicht, dass Schmöck den ganzen Abend fernsieht," meinte Martina Bell, die sich schon wieder über Grote ärgerte. „Woher weißt du das denn?" fragte Lukas Grote. „Kannst du hellsehen?"

„Na, der Schmöck wird wenigstens mit seinem Hund Gassi gehen, oder?" Die Antwort von Martina Bell wirkte schnippisch.

„Wir werden sehen, was dabei herauskommt", beendete Landau das Gespräch. „Laßt uns anfangen. Ich kümmere mich um die Fahnder. Die sollen dem Schmöck mit ihrem tollen Tarnfahrzeug folgen, wenn er wegfährt. Ansonsten bin ich Tag und Nacht am Wochenende für euch ansprechbar."

Das war das Los des Kommissariatsleiters.

Die meiste Zeit verbrachte er in seinem Büro. Selten kam er dazu, sich selbst an den Ermittlungen zu beteiligen. Das wurmte ihn immer wieder. Er erinnerte sich dann gern an seine Zeit als Sachbearbeiter im 1. Kommissariat. Er sah die Tätigkeit damals als die beste im Berufsleben eines Kriminalbeamten an. Frei und unabhängig zu arbeiten, gemeinsam

Erfolge feiern. Das fehlte Christian Landau. Andererseits bereute Landau
es nicht, selbst Leiter des 1. Kommissariats geworden zu sein. So konnte er
wenigstens noch einen wesentlichen Teil mit gestalten. Wie an diesem
Wochenende.
Während die beiden Teams aus seinem Kommissariat sich im
Observationswagen abwechselten und die beiden Fahndungsteams dies
ebenfalls taten, entwickelte Christian Landau einen Plan, der gar nicht so
einfach in die Tat umzusetzen sein würde. Dazu brauchte man Zeit und viel
Geduld.

9.

„Mein Gott, wie siehst du denn aus?"
Claudia Kaufmann war erschrocken über den Anblick ihres Chefs am
Montagmorgen. Sie hatte mit Lukas Grote zwei Nächte im Schwimm-
Club-Mercedes auf dem Parkplatz vor Schmöck's Haus gestanden. Gerwin
Schmöck war insgesamt viermal am Wochenende unterwegs gewesen.
Jedesmal mit seinem Hund und zweimal mit seinem Auto. Das
Fahndungsteam verfolgte Schmöck dann in die Feldmark von Flethstedt,
wo er den Hund über die abgeernteten Felder rasen ließ.
In Absprache mit Christian Landau war der Observationseinsatz am
Sonntagabend zunächst abgebrochen worden, weil die angekündigte
Gruppe des Mobilen Einsatzkommandos am Montag in diese Arbeit
einsteigen wollte.
„Hast du nicht geschlafen?" fragte Claudia nach.
„Nee", war die brummige Antwort. „Keine Minute. Es gab da noch einen
kleinen Einsatz in der letzten Nacht."
„Wie? Was? Wir hatten einen Einsatz, und du hast uns nicht angerufen?
Was soll das denn jetzt?" Claudia Kaufmann war empört, und das würden
auch die anderen Kollegen gleich zeigen, wenn sie davon erführen, dass sie
bei einem Einsatz nicht berücksichtigt worden waren.
Landau bemerkte die Verstimmung seiner Mitarbeiterin und rechtfertigte
sich. „Es hätte nicht gelohnt, die Lampen so hochzuziehen. Was heute
Nacht passiert ist, das ist einfach nur tragisch."
Claudia Kaufmann bemerkte das traurige Gesicht ihres Chefs und

verzichtete darauf, ihm weitere Vorwürfe zu machen. Sie und die mittlerweile ebenfalls im Büro Landaus eingetroffen Kollegen aus dem 1. Kommissariat hörten aufmerksam dem Bericht des K-Leiters zu.
„Mit Hans Gerlach von der Spurensicherung war ich in der letzten Nacht unterwegs. Wir waren in die Klosterresidenz gerufen worden. Dort lebte in einer sogenannten betreuten Wohnung das Ehepaar Hanni und Erhard Münster. Beide fühlten sich ausgesprochen wohl und waren mit dem Leben in der modernen Residenz sehr zufrieden, wie mir die Managerin versicherte. Es ging dem Ehepaar wirtschaftlich sehr gut. Er bezog eine Rente als pensionierter Architekt, sie war früher Studienrätin. Doch dann schlug das Schicksal erbarmungslos zu. Hanni Münster saß nach einem Schlaganfall im Rollstuhl. Ihr Mann pflegte sie, so gut er nur konnte. Natürlich haben beide das Pflegeangebot der Klosterresidenz ange-nommen, aber von Tag zu Tag ging es mit Hanni Münster bergab. Sie mochte kaum noch etwas essen. Die sonst an vielen Dingen des Lebens interessierte Frau saß teilnahmslos in ihrem Rollstuhl und redete nur noch gelegentlich mit ihrem Mann, mit niemandem sonst. Erhard Münster war verzweifelt. Er hatte seinem Wohnungsnachbarn in der letzten Woche gesagt, dass es wohl das Beste wäre, wenn er und seine Frau Schluß machten."
Landau machte eine Pause, sah sichtlich übermüdet auf seine Mitarbeiter, die fast im Halbkreis um seinen Schreibtisch herum standen. Er fragte: „Haben wir eigentlich schon Kaffee aufgesetzt? Ich muß unbedingt einen ordentlichen Kaffee haben."
„Nee, haben wir noch nicht", antwortete Martina Bell, „aber laßt uns doch nach nebenan in unseren Besprechungsraum gehen, dann mach' ich schnell die Kaffeemaschine an."
„Gute Idee", fand Christian Landau und erhob sich von seinem Schreib-tischstuhl. Kurz darauf saß sein komplettes 1. K am Besprechungstisch und wartete gespannt auf die Fortsetzung seines Berichts. Nebenbei brodelte die Kaffeemaschine, aber niemand störte sich an den manchmal sehr lauten und prustenden Dampfgeräuschen einer Maschine, die sicherlich erst einmal mehrere Entkalkungsdurchgänge nötig gehabt hätte.
„Ja, Erhard Münster hat nicht nur davon geredet, er hat es auch wahr gemacht. Seine Hanni muß damit einverstanden gewesen sein, als er ihr

gestern am späten Abend mit einem großen Brotmesser die Pulsschlagern aufgeschnitten hat. Sie lag friedlich in ihrem Bett, keine Spuren eines Kampfes."

„Und was geschah dann?" Martina Bell war neugierig, wie das Drama weiterging.

„Dann hatte Erhard Münster es versucht. Bei seiner Hanni hatte er es schon verkehrt gemacht und die Schnitte quer angesetzt. Seine Frau verblutete, weil er das scharfe Messer mit aller Kraft bis auf die Knochen gezogen hatte. Aber als er es bei sich selbst wieder so versuchte, gelang es ihm nicht, die Adern so zu verletzen, dass er selbst daran verblutete."

„Er hätte die Arme längs aufschneiden müssen", wußte Gerrit Nielsen, der schon zu einigen ähnlich gelagerten Selbstmordversuchen während seiner Bereitschaftsdienste bei der Kripo Klosterhausen gerufen worden war. „Quer aufschneiden bringt meistens nur gewaltige Schmerzen, aber nicht den Tod."

„Genau", nickte Christian Landau, „so erging es Erhard Münster. Er muß höllische Schmerzen gehabt haben und keine Kraft mehr, die Sache zu Ende zu bringen. Sein lautes Stöhnen hat dann die Nachbarin Elise Quast aufmerksam gemacht, und die hat mit ihrem Alarmpieper Hilfe geholt."

„Wann war das denn?" wollte Martina Bell wissen und goß ihrem Chef einen Becher Kaffee ein. Die Mischung war extra stark.

„Kurz vor Mitternacht kam die Meldung von der Einsatzleitstelle", antwortete Landau und nahm einen großen Schluck. Dabei verzog er sein Gesicht. Er mochte den Kaffee nicht, wenn er überdurchschnittlich stark war. „Puh, der ist ja schon bitter."

„Ich hab' das nur gut gemeint, weil du ja nicht geschlafen hast", verteidigte Martina Bell ihr Gebräu. Sie selbst und auch Lukas Grote mochten den Kaffee am liebsten so, dass der Löffel darin stehen konnte. Landau, Gerit Nielsen und Claudia Kaufmann liebten das Standardgetränk der Kripo eher etwas schwächer. „Wenn ich so was öfter trinke, dann überfällt mich bald der ewige Schlaf", protestierte Landau schwach. Dann erzählte er weiter.

„Das, was sich dann für uns bot, war ein echtes Trauerspiel. Der Notarzt hatte den Tod von Hanni Münster festgestellt und die Verletzungen ihres Mannes verbunden. Er wollte ihn mit ins Krankenhaus nehmen, doch Münster weigerte sich. Er schrie verzweifelt 'Ich will zu meiner Hanni! Ich will zu meiner Hanni`. Als er endlich zum Krankenwagen gebracht wurde, da weinte er ganz jämmerlich. Ach, ich hör' das noch. Selbst im Krankenwagen schrie er nach seiner Hanni."

„Und was machen wir jetzt mit ihm? Wo soll er hin?" Irgendwie paßte diese sachliche Frage von Lukas Grote nicht zu der gerade von Landau beschriebenen Szene. Die anderen im Kommissariat schauten ihren Chef eher betroffen an.

„Das habe ich heute Nacht noch geregelt. Staatsanwalt Lautenberg war zwar nicht begeistert, als ich ihn heute Morgen um vier Uhr anrief. Er ist damit einverstanden, dass Erhard Münster zunächst einmal in die Psychiatrie kommt. Einen entsprechenden Unterbringungsbeschluß wird er beim Amtsgericht beantragen."

„Was haben wir in dieser Sache noch zu tun?" fragte Grote.

„Nur Claudia muß noch was tun", antwortete Landau. Claudia Kaufmann sah den K-Leiter irritiert an. „Was denn?"

„Ich habe den ganzen Kram von heute Nacht auf Band gesprochen, das mußt du nur noch abschreiben, dann ist er Fall erledigt." Bei dem Wort 'erledigt' schluckte Landau trocken. Es störte ihn in letzter Zeit immer mehr, wenn er daran dachte, dass ein solches Geschehen wie das der vergangen Nacht auf wenigen Blatt Papier seine Erledigung fand. Landau dachte an die Dramatik der letzten Stunden, daran, dass Erhard Münster seine liebe Hanni getötet hatte, weil sie nicht mehr leiden sollte und sehr wahrscheinlich auch nicht mehr wollte. Er dachte daran, dass Erhard Münster sich umbringen wollte, um bei seiner Hanni zu sein. Er dachte daran, welche Verzweiflung in dem alten Mann nun sein mußte und welches Leben er noch vor sich haben würde.

In früheren Jahren als Kriminalbeamter hatte Christian Landau sich über diese Dinge keine oder nur ganz wenig Gedanken gemacht.

10.

Zwei Stunden dauerte die Dienstbesprechung an diesem Montag. Der Bericht über das tragische Schicksal des Ehepaares Münster beanspruchte den kleineren Teil der Zeit, ganz ausführlich ging es um den Fall Marianne Petersen oder besser darum, was hier zu tun war.

„Heute kommt das MEK. Die Kollegen werden Gerwin Schmöck vom Aufstehen bis zum Zubettgehen beobachten. Wir müssen wissen, was der macht", sagte Christian Landau. Er sah die fragenden Gesichter seiner Mitarbeiter. „Wenn ihr mich jetzt fragt, was das soll, dann kann ich nur sagen, dass wir abwarten müssen, welche Geheimnisse Gerwin Schmöck preisgibt."

„Na, du hast doch bestimmt wie immer 'ne gute Idee, oder?" Martina Bell wollte es wissen. Sie wollte sich nicht auf die Folter spannen lassen. Ihre Neugierde verpackte sie in ein direktes Kompliment an ihren Chef.

Der brummelte verhalten. „Ich weiß nicht, aber so was habe ich bisher nur im Fernsehen gesehen. Ob sich meine Idee wirklich umsetzen läßt, das hängt von ganz vielen Faktoren ab."

Nun wurden alle aufmerksam.

Lukas Grote runzelte die Stirn und räusperte sich kurz.

Claudia Kaufmann legte die diktierten Tonbandcassetten wieder auf den Besprechungstisch zurück und beugte sich verwundert vor.

Gerrit Nielsen und Martina Bell tauschten verschworene Blicke aus, als würden sie an ihrem Chef zweifeln wollen.

Wieder war es Martina, die nachbohrte. „Was heißt das denn nun? Nun laß dir doch nicht jedes Wort einzeln aus der Nase ziehen. Erzähl' uns doch, was du dir ausgedacht hast." In ihrer Stimme klang ein wenig Verärgerung mit. Obwohl sie die Jüngste im Team war, nahm sie sich das Recht, ihren Chef jetzt deutlich anzuschubsen.

Martina war überhaupt keine Freundin von Geheimniskrämerei. Und schon gar nicht mochte sich so etwas im Beruf unter Kollegen.

Manchmal war Lukas Grote so. Er kam dann mit wichtigen Informationen ganz langsam rüber. Darüber konnte sich Martina fürchterlich aufregen. Aber dass Christian Landau jetzt so agierte, das kannte sie überhaupt nicht von ihrem Chef. Gerade er war sonst immer sehr bemüht, das Neueste unverzüglich weiterzugeben, damit alle im Team auf einem gleichen Informationsstand waren. Vielleicht war es ja diese sehr bedrückende Geschichte aus der vergangenen Nacht mit dem Ehepaar Münster, die mit Sicherheit an dem erfahrenen Landau nicht spurlos vorüber gegangen war. Martina hatte sich schon gleich gedacht, dass es so sein könnte. Aber nein, dennoch durfte er nicht die von ihm selbst hochgehaltenen

Prinzipien im Kommissariat brechen. Martina Bell drängelte: „Welche Idee hast du, Chef?" Christian Landau gab sich einen Stoß. „Also gut, ich erzähle es, aber ihr dürft mich nicht für verrückt erklären."

„Nee, tun wir nicht", sagte Claudia Kaufmann. Entspannt lehnte sie sich zurück. So merkwürdig hatte sie ihren Kommissariatsleiter noch nie erlebt. Sie wartete auf Landaus Erklärung.

„Wir haben eben in unserer Besprechung zusammengefaßt, was wir im Fall Marianne Petersen haben. Um es kurz zu sagen: Es ist genug, um den ehemaligen Freund Gerwin Schmöck als den Verdächtigen zu bezeichnen und zuwenig, dass Staatsanwalt Lautenberg eine Anklage gegen Schmöck schreiben würde."

„Genau, das ist unser Problem", meinte Lukas Grote. Kritisch merkte er an: „Glaubst ihr, dass Schmöck den Kollegen vom MEK während der Observation zeigt, wo er Marianne Petersen hingebracht hat? Da habe ich meine ernsten Zweifel."

„Das wäre natürlich die einfachste Lösung", sagte Christian Landau, der in dem Beitrag seines Vertreters eine pessimistische Grundeinstellung erkannte. „Aber so einfach wird der Schmöck es uns nicht machen. Ein sehr wichtiger Grundsatz für die kriminalistische Feinarbeit ist jedoch, dass man den Verdächtigen besser kennenlernen muß, und zwar so gut, dass man ihn besser kennt, als er sich selbst. Das werden wir mit Sicherheit durch die gründliche Beobachtung erreichen. Wir werden wissen, was er macht, mit wem er Umgang hat, wohin er fährt und so weiter."

„Du willst also ein komplettes Bewegungsbild von ihm", faßte Grote zusammen. „Da könnten wir tatsächlich etwas erfahren, was wir bisher noch nicht kennen."

„Ja, meinte Martina Bell, „vielleicht gibt es einen Menschen im Leben von Gerwin Schmöck, dem er sich anvertraut hat."

„Das glaube ich eher nicht", urteilte Landau. „Aber was nicht ist, das kann ja noch werden, meint ihr nicht?"

„Du sprichst in Rätseln", entgegnete Martina und wollte gerade deutlichere Worte finden, als ihr Chef sie unterbrach.

„Genau das ist die Idee. Ich glaube nicht, dass Gerwin Schmöck sich jemanden anvertraut hat. Wir müssen mithelfen, dass er das tut. Wir wollen von Schmöck selbst erfahren, was er mit der armen Marianne gemacht hat.

Wir müssen ihm jemanden schicken, dem er das erzählt."
Lukas Grote dämmerte es. „Du willst also einen verdeckten Ermittler einsetzen, richtig?"
„Richtig, Lukas, du hast es erfaßt. Einen verdeckt arbeitenden Polizisten, der sich ganz allmählich, ganz langsam in das Leben von Gerwin Schmöck einschleicht und dann das erfährt, was er uns verschweigen will."
„Puh", kommentierte Martina Bell, „das ist starker Tobak. Sowas kenne ich auch nur aus dem Fernsehen."
Gerrit Nielsen, der dem gesamten Gespräch bisher schweigend beigewohnt hatte, nickte anerkennend. „Tolle Idee, Christian, wenn das was wird, dann ist dies eine Ermittlungsarbeit vom Feinsten."
„Nun mal langsam, langsam", warnte Landau, „zuerst müssen die Observationsteams vom Mobilen Einsatzkommando mal was erreichen. Sie müssen herausfinden, wo unser Mann später einmal ansetzen kann."

11.

Der offene Brief im Klosterhausener Tageblatt war für die Ermittler überraschend. Insa Petersen hatte ihn geschrieben. In ihrer Not hatte sie diesen Weg gewählt. Zu quälend war für die Mutter der Gedanke, dass sie ihre Tochter nicht wiedersehen würde. Nie mehr wieder.
„Ich weiß nicht, wie ich Sie ansprechen soll.....
Meine Tochter Marianne ist schon über eine Woche fort. Sie fehlt mir sehr. Sie fehlt auch ihren Großeltern, die gestern aus Australien kamen. Sie fehlt Wiebe und Johannes Thomsen aus Bansdorf, wo Marianne gearbeitet hat. Sie fehlt bei ihren Freunden im Hundesportverein. Senta, ihre Hündin, frißt kaum und leidet schrecklich, weil Marianne nicht mehr da ist. Marianne fehlt überall. Das sollen Sie wissen. Sie, der unsere Marianne hat. Geben Sie sie uns zurück. Sie gehört zu uns. Bitte, bringen Sie uns Marianne zurück, bitte.... "
Christian Landau las den Brief zweimal. Die Mutter hatte ihm nicht gesagt, dass sie einen Brief in der Zeitung veröffentlichen wollte. Landau fühlte sich betroffen. Insa Petersens Worte waren an den Mann gerichtet, der mit dem Verschwinden ihrer Tochter etwas zu tun hatte. Nach Landaus fester Überzeugung war dieser Mann Gerwin Schmöck.

Aber würde Schmöck sich überhaupt beeindrucken lassen? Würde Schmöck reagieren?

Eher nicht, dachte Landau sich. Das verzweifelte Flehen einer Mutter würde Schmöck kalt lassen. Vielleicht würde es ihn sogar freuen, mutmaßte der Hauptkommissar. Er hatte den Eindruck, dass Gerwin Schmöck so ein Mensch war, der sich am Leid anderer ergötzen konnte.

Aber etwas anderes ging noch im Kopf von Christian Landau herum. Die Mutter glaubte offensichtlich immer noch, ihre Tochter lebend wiederzusehen. Jedenfalls lasen sich ihre Worte in dem Brief so. Es war die Hoffnung, die zwischen den Zeilen stand. Die Hoffnung, die für die Mutter Insa Petersen noch nicht gestorben war.

Für den Kriminalbeamten Landau gab es diese Zuversicht nicht mehr. Er ahnte, dass es sich bei Insa Petersens Hoffnung um ein totes Hoffen handelte. Eines, das nicht erst zuletzt sterben konnte. Nein, Marianne Petersen war nicht mehr am Leben. Dafür gab es viel zu viele Hinweise. Und auch die Hinweise, dass Schmöck sie umgebracht hat. Ja, Gerwin Schmöck, der hat Marianne umgebracht, sagte sich Landau.

Er hat die Tochter von Insa Petersen ermordet. Die Großeltern haben jetzt keine Enkelin mehr. Wiebe und Johann Thomsen haben Marianne wie ein richtiges Familienmitglied gesehen und vermissen sie. Die Freunde aus dem Hundesportverein würden in Zukunft ohne Marianne ihre Übungen mit den vierbeinigen Freunden am Samstagnachmittag unternehmen müssen.

All die Menschen, die gern mit Marianne zusammen waren, all diese Menschen müssen jetzt ohne sie auskommen. Marianne war ein Teil des Lebens dieser Menschen, und dieser Teil war sehr wahrscheinlich unwiederbringlich verloren. Damit wäre auch ein Teil ihrer eigenen Lebensgeschichte vernichtet. Diese Menschen müssen jetzt alle diese Teilzerstörung ihres eigenen Ichs verarbeiten und damit leben. Landau sagte sich, dass nicht nur das Leben von Marianne ausgelöscht sein dürfte, nein, auch für die Menschen, die Marianne kannten, liebten und gerne mit ihr zusammen waren, dürfte ein Teil des Lebens zerstört worden sein.

Gerwin Schmöck hatte demnach nicht nur den Mord an Marianne auf dem Gewissen, sondern die Summe aller Teilmorde in allen Bekannten und Verwandten von Marianne.

Christian Landau spürte die Last, die mit dieser Erkenntnis auf ihm und auf seinen Mitarbeitern lag.
Er wollte und mußte das Schicksal von Marianne Petersen aufklären. Ihm war klar, dass Insa Petersen dann die brutale Wahrheit annehmen würde.

*

„Frau Petersen, warum haben Sie mir nicht gesagt, dass Sie sich an die Öffentlichkeit wenden?" Landau hatte es nicht mehr ausgehalten im Büro. Zu sehr beschäftigte ihn dieser offene Brief in der Tageszeitung. Er wollte mit der Mutter reden und war deshalb zu ihr nach Elmshorn gefahren. Insa Petersen sagte kein Wort, als sie Christian Landau in ihre Wohnung ließ. Stumm ging sie voran ins Wohnzimmer. Landau folgte ihr zögernd und überlegte sich, wie er die Mutter von Marianne besser ansprechen sollte. Die erste Frage, noch an der Wohnungstür gestellt, könnte doch eher als Vorwurf aufgefaßt werden. Vielleicht hätte Landau der verzweifelten Frau einen erfahrenen Beamten oder eine Beamtin an die Seite stellen sollen, wie die Polizei es zum Beispiel in Entführungsfällen zu tun pflegt. Möglicherweise wäre ein Psychologe der richtige Gesprächspartner für diese Frau, die auf Christian Landau an diesem Tag wie eine leere Hülle wirkte. Ihre stumpfen und leergeweinten Augen blickten ständig auf die Tageszeitung, die sie in ihrer rechten Hand hielt. Ihr offener Brief war auch in den Elmshorner Nachrichten abgedruckt, aufgemacht in großen Lettern, daneben das Foto ihrer Tochter. Das letzte Foto, aufgenommen im vergangenen Sommer auf der Elbefähre, als Marianne Petersen ihre Mutter spontan zu einer Fahrt mit der Fähre von Glückstadt nach Wischhafen überredet hatte. Ein schönes Foto, das eine junge Frau zeigte, die Optimismus und Lebensfreude ausstrahlte. Ein Foto, das den Betrachter selbst in eine positive Stimmung bringt und ihn vielleicht sogar schmunzeln läßt. Landau, der das Schicksal der jungen Frau zu kennen glaubte, befiel ein noch stärkeres Unwohlsein. Mit Rücksicht auf die Gefühle der Mutter begann er noch einmal das Gespräch, diesmal in veränderter Form.
„Frau Petersen, es ist gut, dass Sie sich an die Öffentlichkeit gewandt haben. Vielleicht hilft es uns."

„Meinen Sie? Wirklich?" Der Tonfall von Insa Petersens Fragen
beinhaltete schon die Antwort. Landau reagierte darauf. Er wollte nicht
herumstottern. Nein, er mußte der Mutter die Wahrheit sagen. So schwer
sie auch war.

„Nein, Frau Petersen, ich will ehrlich sein. Sie haben selbst gesehen, dass
wir mit dem Schlimmsten rechnen, als wir das Spülfeld bei Glückstadt
abgesucht haben."

„Sie glauben also, dass Marianne nicht mehr lebt", unterbrach ihn Insa
Petersen, ohne den Kriminalbeamten anzusehen. Ihr Tonfall war immer
noch so monoton, so weit weg.

„Ja, das muß ich annehmen, so schlimm es auch ist. Aber es nützt
überhaupt nichts, wenn ich Sie anlügen würde. Ich habe so gut wie keine
Hoffnung mehr, dass wir Ihre Tochter lebend finden werden."

„Aber es gibt doch Fälle, da verschwinden Menschen so einfach ohne
irgendeine Erklärung, und dann tauchen sie Jahre später wieder auf. Solche
Fälle gibt's doch, oder?" Es waren quälend formulierte Ideen, die Insa
Petersen vortrug. Nicht einmal sie selbst glaubte daran, dass Christian
Landau ihr zustimmte.

Er tat es auch nicht.

Langsam setzte er sich ihr gegenüber an den Wohnzimmertisch. Er blickte
ihr ernst ins Gesicht und schüttelte seinen Kopf nur ein wenig. „Nein, Frau
Petersen, so einen Fall haben wir hier aber nicht. Sie kennen doch Ihre
Tochter. Würde Marianne so fortgehen? Würde sie alles stehen- und
liegenlassen? Würde sie Senta so etwas antun?"

„Machen Sie, dass Marianne wiederkommt! Machen Sie, dass sie wieder
da ist. Ich halte das nicht mehr aus. Das tut so weh!" Insa Petersen schlug
plötzlich die Hände vors Gesicht und weinte hemmungslos. Immer wieder
schluchzte sie „Das tut so weh! Es tut so weh!"

Christian Landau saß ruhig daneben. Er wußte, dass jetzt jedes Wort zuviel
und falsch gewesen wäre. Diesen Schmerz kann kein Mensch einfangen,
sagte ihm seine innere Stimme. Dieser Schmerz wird bei Insa Petersen
lange, lange andauern.

Nach gut zwanzig Minuten faßte sich die Mutter wieder. Stumm schaute
sie den Kriminalbeamten an. Landau hatte Mühe, ihr etwas zu sagen. Er
versuchte es. „Frau Petersen, ich kann nur versuchen, Ihre Angst und Ihre

Not zu verstehen. Ich weiß aber, dass es nur ein Versuch ist. Sie sollen wissen, dass wir alles unternehmen werden, wirklich alles."

Oh, wie haßte Landau diese Worte, diese Situation. Nur durch die Summe der Anzahl von Begegnungen mit Angehörigen der Verbrechensopfer konnte der Kriminalbeamte ungefähr erahnen, was sich im Inneren dieser Menschen abspielte. Da war die große, dunkle Leere, die Welt ohne Zukunft, die irrsinnigen Verlustschmerzen, die alles bestimmende Traurigkeit, die irreparable Verzweiflung, die Erkenntnis, dass das eigene Leben nicht mehr lebenswert ist. Dies alles hatte Christian Landau in den vergangenen Jahrzehnten so oft miterleben müssen, weil er in seinem Beruf auf diese Menschen getroffen war, weil er mit ihnen reden mußte und auch wollte.

Hier bei der Mutter von Marianne Petersen war ihm jedoch so, als wäre alles, was er bisher in solchen Situationen gespürt hatte, zusammen- genommen in der Person von Insa vor ihm. Wenn Landau auch immer sagte, dass er gelernt hatte, mit diesen Momenten umzugehen, so traf das in diesem Fall nicht zu. Der Fall Marianne Petersen hatte spätestens jetzt bei der erneuten Begegnung mit der Mutter gefühlsmäßig Besitz von ihm ergriffen.

Der Fall würde ihn nicht mehr loslassen, das war Landau klar geworden. Er wußte, dass er deshalb einen sehr ungewöhnlichen Weg bei den Ermittlungen einschlagen mußte.

12.

„Das ist vielleicht ein Typ, dieser Schmöck", beschwerte sich Harald Vossen bei seinem Auftraggeber Christian Landau. Beide Männer saßen am Ende der zweiten Woche nach dem Verschwinden der Marianne Petersen im Büro von Landau und besprachen das, was die Teams der Obsevationsspezialisten vom Landeskriminalamt über die Gewohnheiten des Gerwin Schmöck bisher in Erfahrung gebracht hatten. Fünf Tage und Nächte hatten sie ihn beobachtet. Ein anstrengender Job war es, immer hochkonzentriert darauf zu achten, was die sogenannte Zielperson unternimmt. Anstrengend auch deshalb, weil diese Person so wenig auszurechnen war, wie dieser Gerwin Schmöck.

„Wie meinst du das", wollte Landau wissen. Er kannte den MEK-Mann Harald Vossen seit vielen Jahren und schätzte ihn sehr. Oft war es Vossen, ein Mann von gut 35 Jahren, der mit seinen Teams auch die heikelsten Aufgaben für sein Kommissariat wahrgenommen hatte. So war Landau die spektakuläre Festnahme des Klosterhausener Bordellbetreibers Mario Zark noch gut in Erinnerung. Zark fühlte sich von einem seiner Huren betrogen, weil sie angeblich ihren Liebeslohn bunkerte und nicht in dem Umfang an Zark abgab. Deshalb mußte Zark sie bestrafen. Das tat er in seiner ganz speziellen Art und Weise, indem er ihr mit einem Bademantelgürtel mehrfach die Luft abschnürte, so dass die Arme in Todesangst geriet und ihrem Peiniger alles gab, was er von ihr wollte. Schlecht für Zark, dass er die so „Geläuterte" viel zu früh wieder zum Geldverdienen schickte. Ihr erster Freier war nämlich ein Krankenhausarzt aus Lüneburg, der sofort die Strangulationsmarken am Hals des Mädchens entdeckte und auch als solche erkannte. Der Arzt wollte dann nicht mehr den vergnüglichen Teil des Bordellgeschäfts erleben, zahlte dem Mädchen 50 Euro und meldete der Kripo diesen Fall.
Gerrits Nielsen und Martina Bell holten sich Zarks Opfer noch in der Nacht und bekamen überraschenderweise eine ganz detaillierte Tatschilderung, die Mario Zark erheblich belastete.
Da Mario Zark als Gewalttäter galt, der sich lieber einige Monate aus dem Staub machen würde, wenn er als seine zeitweise feste Anschrift das Gefängnis in der Boostedter Straße in Neumünster zu befürchten hatte, wollte das 1. Kommissariat sichergehen. Für das Aufspüren und die Festnahme wurde das MEK geholt.
Harald Vossen war es, der mit einer Kollegin in Zarks Bordell „Rendevous" erschien. Der Plan war, dass Vossen als angeblicher Zuhälter aus Düsseldorf ein Mädchen in Zarks Etablissement unterbringen wollte. Die MEK-Beamtin war außerordentlich attraktiv, so dass im Bordell „Rendevous" gute Geschäfte mit der neuen Mitarbeiterin gewittert wurden. Aber das letzte Wort sollte Zark haben. Er wurde von einem seiner Mädchen heran telefoniert und konnte sich so von den Vorzügen der neuen Mitarbeiterin nur insofern überzeugen, als dass sie ihn schon bei der Begrüßung aufs Kreuz legte, so dass Harald Vossen dem überraschten Bordellchef nur noch die Handschellen anlegen mußte.

„Der ist einfach nicht auszurechnen. Wir haben ihn jetzt fünf Tage und Nächte beobachtet. Mal sitzt er stundenlang tagsüber in seiner Bude, dann jagt er mit seinem Nissan ziellos durch die Gegend. Offensichtlich ohne Sinn und Verstand."

„Aber er muß doch mit seinem Hund raus", wandte Landau ein. „Das hab' ich ja noch gar nicht erzählt. Den Hund hat er im Tierheim in Elmshorn abgegeben. Angeblich, weil Schmöck eine Arbeit angenommen hat, bei der er den Hund nicht dabei haben kann." Vossen bemerkte den fragenden Blick von Landau und erklärte: „ Das hat Queen rausgekriegt. Sie hat das Tierheim besucht, nachdem Schmöck es verlassen hatte."

„Ist die Queen diejenige, mit der du den Mario Zack im „Rendevous" weggefischt hast?"

„Genau, das ist Queen gewesen. Unser Multitalent. Die kannst du überall einsetzen. Das haben unsere verdeckten Ermittler auch schon gemerkt und sie für kleine Rollen ausgeliehen." Der Stolz in Vossens Stimme war unüberhörbar. Vossen war in seinem Alter schon so etwas wie ein alter Hase im MEK. Zwölf Jahre dabei. Die sieben Jahre jüngere Antje Wolmbach hatte er im LKA beim Zeugenschutz kennengelernt und ihr geraten, doch lieber bei seiner Truppe zu arbeiten. Die blonde Kriminal-kommissarin Wolmbach befolgte den Rat und ließ sich zur Spezialbeamtin ausbilden. Ihr Name war im MEK wegen ihrer großen Begeisterung zur gleichnamigen Rock-Gruppe ‚Queen'.

„Und was hat Schmöck so getrieben in den letzten Tagen?"

„Das ist es ja. Irgendwie haben wir noch keine regelmäßigen Aktivitäten in seinem bisherigen Bewegungsbild feststellen können. Interessant könnte noch ein Besuch am Mittwoch beim Fiat-Händler in Halstenbek gewesen sein."

„Was macht der denn beim Fiat-Händler. Schmöck hat doch kaum Geld. Der will sich doch wohl kein neues Auto kaufen."

„Das schien aber so. Jedenfalls interessierte sich unser Schmöck ganz stark für einen gebrauchten Fiat-Transporter. So' n Kastenwagen, wie sie häufig von diesen selbstständigen Paketzustellern mit viel zu hoher Geschwindig-keit gefahren werden."

Landau nickte und ergänzte: „Und die dann jeden Morgen in der Stadt in zweiter Reihe parken und den Verkehr behindern."

„Genau", bestätigte der MEK-Mann, „und auf so eine Kiste ist unser Mann scharf. Er hat sogar mit dem Verkäufer verhandelt. Wir sind lieber nicht so dicht ran, aber es sah so aus, als wenn die beiden sich handelseinig geworden sind."

„Was könnte es uns nützen, wenn Gerwin Schmöck sich so einen Kleinlaster kauft?" sinnierte Christian Landau nun. Nach wenigen Augenblicken tippte er sich mit seinem silberfarbenen Schreiber an die Stirn. „Ich hab's. Der macht bestimmt das, was viele andere in seiner Situation auch machen. Die Anzeige ist doch fast jeden Tag im Klosterhausener Tageblatt zu lesen. 'Werden Sie Ihr eigener Chef. Machen Sie sich selbstständig als Kurierfahrer. Wir bieten Ihnen geregelte Frachtaufträge!' Das will der bestimmt auch machen. Was soll der sonst tun. Als Fernfahrer könnte der hier in der Gegend sonst nur bei Thomsen arbeiten, aber der will ihn nicht mehr haben. Also muß er was anderes machen."

Landau war sich sicher, dass er Schmöcks Zukunftspläne enträtselt hatte und überlegte, wie er diese Zukunft so mitgestalten könnte, damit das Schicksal von Marianne Petersen endlich aufgeklärt wird. Harald Vossen bestätigte die Überlegungen des Kommissariatsleiters. „Das könnte so sein, und dann hätten wir einen guten Ansatz für den zweiten Teil deines Plans."

*

Martina Bell war Feuer und Flamme, als sie den Bericht ihres Chefs über die Ergebnisse der MEK-Beobachtungen hörte. „Ich befürchtete, dass Schmöck so einer ist, wie damals der Typ der in Flethstedt den Hof angezündet hatte, weil der Bauer ihn rausgeschmissen hatte. Wie hieß der noch?"

„Günter Schmidt", antwortete Claudia Kaufmann, die mit den anderen Kollegen des 1. Kommissariats am Freitagnachmittag im Besprechungszimmer saß. „An Günti Schmidt kann ich mich sehr gut erinnern, der saß ja über acht Stunden bei mir im Vernehmungszimmer, als Gerrit und Christian ihn zur Brust genommen haben." Christian Landau sah Claudia irritiert an. Er wußte nicht mehr genau, was es mit Günter Schmidt auf sich hatte. Claudia Kaufmann klärte ihn auf. Sie hatte ein sehr gutes

Gedächtnis, was die Beschuldigten anging, die länger als ein oder zwei Stunden vernommen wurden. „Das war doch der kleine, der nach seiner Mama gerufen hat, als du ihm laut und deutlich erklärt hast, dass er einzig und allein für die Brandstiftung in Frage kommt und niemand sonst." Landau dämmerte es. Ja, damals hatte Landau öfter mal laut und deutlich den Beschuldigten gesagt, was er von ihnen hielt. Auch dem kleinen Günti Schmidt. Und siehe da, Günti hat dann zugeben, das Feuer bei dem Bauern gelegt zu haben.

„Aber warum dachtest du, dass Schmöck auch so ein Typ wie Günti sein könnte, Martina?" brachte Landau das Gespräch wieder auf die anfängliche Bemerkung von Martina Bell.

„Der Schmöck ist doch auch so ein Einzelgänger. Und solche Leute ziehen sich regelmäßig zurück. Genau wie damals der Günti. Da haben die Observationsteams zwei Wochen vor seiner Wohnung gewartet. Der kam nicht raus. Das sogenannte Bewegungsbild von Günti Schmidt war ein Standbild. Gott sei Dank ist das bei Gerwin Schmöck etwas anderes.

*

Der weiße Fiat-Transporter war schnell, und Harald Vossen hatte richtig Mühe, ihm zu folgen. Die Tour vom Fiat-Händler in Halstenbek ging über die Autobahn Richtung Norden. Nach gut 30 Kilometern verließ Gerwin Schmöck die A 23 und fuhr Richtung Glückstadt. Hier umrundete er zweimal den historischen Marktplatz, um dann die Bundesstraße nach Elmshorn zu nehmen.

„Was will der Typ denn bloß hier in der Gegend? Der hat ja gar keinen Plan", kommentierte Antje Wolmbach das merkwürdige Fahrverhalten der Zielperson. Gern wäre sie in Glückstadt am Markt ausgestiegen, um sich beim Italiener einen Cappuccino zu gönnen. Aber nein, Gerwin Schmöck war weitergefahren. Harald Vossen schien zu ahnen, was seine Teamkollegin gerade dachte. „Du hättest sowieso im Auto bleiben müssen", sagte er. „Wir dürfen nicht riskieren, dass er uns erkennt."

Es war genauso gekommen, wie Vossen es vorausgesehen hatte. Bereits am Samstagmorgen war Schmöck mit seinem alten Nissan wieder nach Halstenbek gefahren, um ihn beim Fiat-Händler gegen den Dukato einzutauschen. Vossen war froh, die Observation des Mordverdächtigen am Wochenende nicht abgebrochen zu haben, obwohl es sicher wegen der dadurch entstehenden Überstunden für sich und seine Teams Ärger mit den Bürokraten im Landeskriminalamt geben würde. Er hatte sich selbst auch mit eingeteilt, und zwar zusammen mit Antje. Er mochte gern mit ihr fahren.

„Der Schmöck macht nur 'ne Proberunde mit seiner neuen Kiste, meinst du nicht auch, Queen?" Vossen war sicher, dass Schmöck sich den Fiat-Transporter zugelegt hat, um damit Geld zu verdienen. „Langsam glaube ich auch, dass unser Mann sich um Arbeit bemühen will. Der wird bestimmt einen Job als Kurierfahrer machen", meinte Queen. „Genau, darauf sind Christian Landau und ich auch gekommen."

13.

„Darf ich Sie mal sprechen?" Die junge Frau mit den blonden, langen Haaren wirkte etwas schüchtern, als sie das Büro von Christian Landau betrat.

„Was kann ich für Sie tun?" fragte Landau, der gerade einige Notizen auf einen Zettel schrieb, den er dann an einem Notizenhalter auf seinem Schreibtisch hängte.

„Ich bin Cornelia Rüster und komme aus Elmshorn", sagte die Besucherin und verharrte unschlüssig im Bereich der Bürotür.

„Bitte, setzen Sie sich. Worum geht's denn?"

Cornelia Rüster nahm neben dem großen Schreibtisch Platz und erklärte: „Ich komme wegen Marianne. Marianne war früher meine beste Freundin in der Schule. Ich war verreist und habe es erst jetzt in der Zeitung gelesen, dass sie gesucht wird. Ich bin erschüttert. Das gibt's doch gar nicht, dass ein Mensch einfach so verschwindet. Was ist mit Marianne passiert?"

„Das wissen wir leider auch nicht", antwortete Landau. Ihm war der Name seiner Besucherin irgendwie bekannt vorgekommen. Richtig, Insa Petersen hatte ihn neulich genannt, als er wegen des offenen Briefes im Klosterhausener Tageblatt bei ihr gewesen war. Cornelia soll sich sehr um Marianne gekümmert haben, als ihr Mann bei dem Verkehrsunfall ums Leben gekommen war.

„Frau Rüster, es ist gut, dass Sie vorbeischauen. Ich hätte sonst versucht, Sie zu erreichen. Sie kennen Marianne also sehr gut. Wann hatten sie zuletzt Kontakt mit ihr?"

„Oh, das ist einige Zeit her. Sie hatte sich gerade von diesem Schmöck getrennt. Für nichts in der Welt wollte sie wieder was von dem Kerl."

„Wie konnte sie denn bloß mit diesem Mann etwas anfangen. Vom Typ her ist er doch ganz anders. Hat Marianne mal dazu etwas gesagt?"

Landau sah hier eine weitere Möglichkeit, über einen Menschen etwas zu erfahren, den er gar nicht gekannt hatte und mit großer Sicherheit nie mehr kennenlernen würde.

Gewiß, Insa Petersen hatte ihm viel über ihre Tochter erzählt. Aber es war die Sicht der Mutter, die ihm durch die Gespräche mit der verzweifelten Frau dargelegt wurde.

Auch das Ehepaar Thomsen war eine gute Quelle, um den Menschen Marianne Petersen quasi posthum kennenzulernen.

Was ihr Ex-Freund Gerwin Schmöck über die Vermißte erzählte, wollte Landau lieber in die Rubrik packen, in der die Indizien gegen den Tatverdächtigen gesammelt wurden. Ein realistisches Bild würde der nie zeichnen.

Umso wichtiger war für den Ermittler der Besuch von Cornelia Rüster.

„Nein, der paßte nun wirklich nicht zu Marianne. Ich hab' beide einmal zusammen erlebt. Der Typ gefiel mir ganz und gar nicht. Es war wohl nur der Umstand, das beide für ihre Hunde schwärmten, sonst habe ich bei Marianne und ihrem Typen keine Gemeinsamkeiten erkennen können."

„Das kann gut sein, dass es wirklich nur die Tiere waren. Aber wie hat Marianne denn über ihren Freund gesprochen. Sie muß ihn doch zumindest eine Zeit lang gemocht haben, oder?"

„Das war wirklich nur am Anfang. Wir haben ja öfter telefoniert, da klagte sie mir schon nach wenigen Wochen ihr Leid, dass der Gerwin so jähzornig sei. Sie sagte auch, dass er sie ständig kontrolliert hat. Manchmal soll er abends stundenlang in seinem Auto in der Nähe von Marianne gestanden haben. Wenn sie mit ihrem Hund spazieren gehen wollte, dann tat er so, als wäre er gerade auf dem Weg zu ihr."

Diese Information hatte Landau noch nicht. Offenbar hatte das Ehepaar Thomsen keine Kenntnis von dieser Auskundschafterei.

„Wann war das, als Marianne das Gefühl hatte, von Gerwin Schmöck ausspioniert zu werden?"

Das ging schon nach wenigen Wochen ihrer Freundschaft los und war dann durchgehend, praktisch bis zu der Zeit, als sie verschwand, ein bis zweimal in der Woche. "

„Wie häufig hatten Sie mit Marianne Kontakt?"

Gesehen haben wir uns vielleicht alle drei Monate einmal, aber wir waren telefonisch immer in Verbindung. Also jede Woche einmal haben wir immer telefoniert. Nur war ich in den letzten drei Wochen bei Verwandten in den USA, deshalb habe ich ja auch nicht mitgekriegt, was passiert ist. Kurz bevor ich abgereist bin, habe ich Marianne einen kleinen Glücksbringer geschickt, so eine Halskette mit einer Metallmünze dran. "

„Was war das für eine Münze?"

„Nichts Wertvolles, aber ich fand den Kopf eines Hundes auf der Rückseite so schön, weil er dem von Mariannes Senta sehr ähnlich war." Landau notierte diese Neuigkeit und fragte weiter. „Hatte Marianne Angst, dass ihr Ex-Freund gewalttätig werden könnte?"

„Nee, Angst direkt nicht, aber er war ihr unheimlich geworden. Sie wollte wirklich nichts mehr mit ihm zu tun haben. "

„Hat Marianne erzählt, wie ihr Verhältnis mit Schmöck in sexueller Hinsicht gewesen ist." Landau sah leichte Irritation im Gesicht der Besucherin. „Entschuldigung, aber ich muß sowas manchmal fragen. Es kann ja sein, dass Marianne Ihnen etwas anvertraut hat, das jetzt für uns wichtig ist. "

„Ja, ich verstehe. Ich weiß nicht, ob das überhaupt wichtig ist. Aber Marianne sagte mir, dass das mit Gerwin nicht der Hit war. Der wollte sie mal mitschleppen in so einen Club, wo dann jeder mit jedem rummacht. Aber das war nichts für Marianne. Außerdem soll Schmöck vor der Zeit mit Marianne regelmäßiger Puffgänger gewesen sein. Das hatte er Marianne jedenfalls erzählt." Cornelia Rüster verzog ihr Gesicht, als sie berichtete. „Nee, ich versteh' das alles wirklich nicht. Aber wo ist Marianne jetzt? Wie kann ich helfen, meine Freundin wieder zu finden?"

Die Gesichtszüge der hübschen jungen Frau zeigten nun deutlich tiefe Traurigkeit. Die blauen Augen wurden feucht.

„Frau Rüster, wir wissen wirklich nicht, wo wir noch suchen sollten. Ich glaube aber, dass dieses Gespräch uns ein wenig weiter gebracht hat, um die Beziehung von Marianne zu Gerwin Schmöck besser zu verstehen."

*

„Sind Sie neu im Geschäft? Ich habe Sie noch nicht gesehen." Conrad Schuster sah den Lieferanten neugierig an, nahm die Paketsendung entgegen und quittierte die Lieferung.
„Ja, neu", antwortete der Zusteller karg.
Er fühlte sich offensichtlich nicht wohl in seinem knallroten Baumwoll-overall, den die Paketdienstfirma „Trans-Quick" jedem ihrer Zusteller als Arbeitsbekleidung verkauft hatte.
Schuster, ebenso alt wie der Zusteller, war redseliger. „Na, dann auf gute Zusammenarbeit. Ich bekomme jetzt alle paar Tage eine Sendung von „Trans-Quick". Demonstrativ hielt er ihm die rechte Hand hin. Etwas verdutzt schlug Gerwin Schmöck ein.

Harald Vossen hatte das Ganze eingefädelt. Als am Wochenende klar war, dass Schmöck sich den gebrauchten Transporter geleast hatte, war es nur ein Kinderspiel gewesen, seine neuen Brötchengeber ausfindig zu machen. Schmöck lenkte sein Fahrzeug direkt in das Elmshorner Industriegebiet. Dort war in unmittelbarer Nähe zur Briefumschlagstelle der Deutschen Post die Firma „Trans-Quick", ein Newcomer auf dem Gebiet der Paket-zustellerei.
„Wir liefern immer - und immer preiswerter als die anderen", war der Werbespruch, dem viele große und auch kleine Gewerbetreibende im Nahbereich einer Prüfung unterziehen wollten.

*

„Conrad könnte die Sache schaffen", erklärte Vossen dem Chef vom 1. Kommissariat. „Conrad mit seinem speziellen Laden in der Nähe des Elmshorner Bahnhofs und Schmöck mit seinem neuen Job als Paketzusteller."
„Dann erzähl' mal, ich versteh' bis jetzt nur Bahnhof", beschwerte sich

Christian Landau bei MEK-Fahnder Vossen.

„Das hab' ich ja auch gesagt. Aber jetzt ernsthaft, wir sind dran an der Zielperson." Vossens Worte wirkten zuversichtlich.

Landau war da eher skeptischer.

Zu oft hatte er in wichtigen Phasen der Ermittlungen schon richtige Pleiten erlebt. „Wer ist denn nun Conrad und was hat das mit dem Laden auf sich, der spezielle Laden in Bahnhofsnähe. Das ist doch wohl kein Schweinkram, oder?"

„Nee", grinste Harald Vossen, „das ist kein Schweinkram. Aber schlecht ist die Idee auch nicht. Mal sehen." Ausführlich berichtete Vossen nun von dem Job, den sich Schmöck zugelegt hatte und von seinem Kunden im Bahnhofsviertel Elmshorns.

„Conrad Schuster ist unser Mann für die verdeckten Ermittlungen. Es paßte wunderbar. Conrad hat seinen Laden noch von einer anderen verdeckten Ermittlung behalten. Jetzt kann er ihn wieder benutzen. Es ist nämlich immer ein Riesenaufstand, einem verdeckten Ermittler eine halbwegs glaubhafte Legende zu basteln."

„Und was macht der Conrad in seinem Laden?" drängelte Landau. Er mochte dieses Rätselraten nicht so gerne.

„Offiziell handelt Conrad mit Orden- und Ehrenzeichen."

„Wie? Und das läuft?"

„Das ist doch die Legende. Conrad weiß auf dem Gebiet Bescheid, weil er in der Schule im Geschichtsunterricht aufgepaßt hat. Er hat von seinem Vater eine Riesensammlung geerbt. Die bietet er im Laden an."

„Und die Leute glauben ihm, dass er mit dem Zeug handelt."

„Es sind wenige Menschen, die auf solche Dinge scharf sind. Bei der letzten verdeckten Ermittlung hatte Conrad überhaupt keine Probleme mit seiner Rolle."

„Wo wohnt Conrad denn", wollte Landau wissen.

„Er hat seine Zweizimmerwohnung direkt über dem Laden."

„Und wie geht das mit dem Kontakt zur Zielperson?"

„Das läuft so, dass in Kiel oder Flensburg solche Orden eingepackt werden und über „Trans-Quick" zu Conrad kommen."

„Wie ist sichergestellt, dass Schmöck immer der Lieferant sein wird?" Landau wollte auch die Details wissen.

„Das wird nicht immer klappen. Aber wir werden versuchen, dass Conrad und Schmöck sich gut verstehen...."

*

„Verschwinden Sie von meinem Grundstück, Sie haben hier nichts zu suchen." Johann Thomsen war außer sich. Er hatte den Mann mit dem roten Overall zunächst überhaupt nicht beachtet, als er mit seinem weißen Transporter auf den Hof der Spedition Thomsen fuhr. Als er ausstieg und mit einem Päckchen in der Hand zum Büro ging, erkannte ihn der Firmenchef. Wütend sprang er auf und lief Gerwin Schmöck entgegen. Schmöck fauchte ihn an. „Was is'n los? Ich hab' Ihnen doch nichts getan! Was soll das denn?"

„Mir haben Sie nichts getan? Das wird ja immer schöner. Schmöck, Sie sind in meinen Augen dafür verantwortlich, dass unsere Marianne verschwunden ist. Und nun weg hier!"

Er hob den rechten Arm, und der ausgestreckte Zeigefinger wies deutlich in Richtung Hofauffahrt.

„Mit dem Verschwinden von Marianne hab' ich nichts zu tun. Wer weiß, was die vorhatte", entgegnete Schmöck und tat entrüstet. Er hielt Thomsen eine Paketsendung vor die Nase. „Ich krieg noch 'ne Quittung."

„Hau'n Sie ab, und lassen Sie sich hier nicht wieder blicken!" Mit diesen Worten riß Thomsen dem Boten das Paket aus der Hand, drehte sich um und ging eilig zurück ins Büro. „Die Quittung kommt per Fax", raunte der alte Spediteur beim Gehen.

14.

Martina Bell war neugierig. Unruhig rührte sie bei der Frühbesprechung mit dem Kaffeelöffel in ihrem Becher. Die übrigen im Team von Christian Landau saßen ebenfalls am Tisch, und der Chef hatte den Eindruck, dass Martina das aussprach, was die anderen dachten. „Kann man den geheimen Ermittler auch mal kennenlernen? Wie heißt der Typ denn? Was macht der?"

Martina Bell hatte noch nie in einem Fall gearbeitet, bei dem ein verdeckter Ermittler eingesetzt werden mußte. Sie hatte keine genauen Vorstellungen von der Arbeit eines solchen Polizisten. Bei Lukas Grote war das anders. Er kannte den Job von seiner früheren Verwendung als Rauschgiftermittler. Aber da belief sich der verdeckte Einsatz fast regelmäßig darauf, Scheinkäufe abzuwickeln, um letztlich bei einem speziell inszenierten Deal den Polizeiaufschlag, also die Festnahme der Drogendealer, die Durchsuchungen der Tatverdächtigen, deren Wohnungen, deren Geschäftsräume und deren Fahrzeuge, die Beschlagnahme der Drogen und sonstiger Beweise und wenn möglich die Abschöpfung durch die illegalen Drogendeals entstandenen Gewinne zu starten.

Aber ein verdeckter Ermittler im Einsatz bei einem vermuteten Mord? Nein, das war auch für Grote neu. Auch er war gespannt. Seine anfängliche Skepsis war verflogen.

Landau hatte die eine oder andere Situation erlebt, in der ein solcher Spezialpolizist Gold wert war. Er erinnerte sich an das Gespräch eines Autohändlers mit einem Kunden, in dem es um den Aufenthaltsort eines angeblich auf hoher See verschollenen Geschäftspartners ging. Die gecharterte Yacht des Partners war vor Helgoland gekentert, und die Behörden gingen davon aus, dass der allein an Bord befindliche Partner durch den Seeunfall ums Leben gekommen war. Fast wäre auch Landau dieser Meinung gewesen, doch der diskrete Hinweis der Lebensversicherung, dass die hohe Summe nicht der Ehefrau des Verschollenen, sondern dem Autohändler überwiesen worden wäre, brachte Landau auf die Idee, bei dem windigen Autohändler einen Spezialbeamten einzusetzen. Nach wenigen Wochen als Mann für alle Fälle in diesem Autogeschäft war der Unterschlupf des angeblich tödlich auf See verunglückten Geschäftspartners im dänischen Sonderburg ausfindig gemacht.

Landau hatte größtes Verständnis für das gesteigerte Interesse seiner Mitarbeiter. Alle waren sie in den letzten Wochen mit großem Engagement dabei. Sie lebten, wie Landau zu sagen pflegte, den Ermittlungsfall. Alles andere rückte in den Hintergrund. Nur der Fall und die Aufklärung des Schicksals von Marianne Petersen zählte.

„Über die besondere Problematik bei Einsatz eines solchen Mannes muß ich wohl keine Worte verlieren", sagte er und meinte damit die besondere

Verantwortung eines jeden Mitarbeiters, über diese außergewöhnlich taktische Maßnahme Stillschweigen zu wahren, auch gegenüber Kollegen, die nicht mit diesem Fall betraut waren. Das wortlose Nicken der Mitarbeiter zeigte ihm, dass sie es wußten.

Nun war es Claudia Kaufmann, die drängelte.

Claudia war schon so lange dabei und hatte sämtliche Fälle miterlebt. Wenn eine Sache wie diese anstand, dann war sie Feuer und Flamme.

„Nun erzähl's schon, Christian. Wir wollen das alle wissen."

„Ich hab' ihn selbst noch nicht kennengelernt. Aber Harald Vossen hat mir 'ne ganze Menge von ihm erzählt. Sein richtiger Name ist Conrad Schuster, sein Arbeitsname in diesem Fall ist Malte Magens."

„Das ist mal ein schöner Name", fand Claudia Kaufmann. Sie hatte ein Faible für schön klingende Namen. So manches Mal war sie mit den Geburtsanzeigenteil des Klosterhausener Tageblattes in der Hand bei ihren Kollegen erschienen, um ihnen zu zeigen, welche Eltern bei der Namensgebung ihrer Nachkommen Geschmack bewiesen hatten und welche nicht. Manchmal konnte sich Claudia richtig über die Namen aufregen und fand, dass die Kinder schon allein durch den Namen für ihr Leben gestraft waren. Nicht so schlimm fand sie die Namen, die sowohl im Vornamen als auch im Familiennamen gleichlautend waren wie Fritz Fritzsche, Meinhard Meinhardsen oder Ole Ohl. Solche Namen waren irgendwie wohlklingend, und man konnte sie sich leicht merken.

„Den Namen haben wir uns nicht ausgesucht, den konnten wir übernehmen", erklärte Christian Landau und berichtete von dem glücklichen Umstand, dass der verdeckte Ermittler seinen Laden in Elmshorn bereits in einer anderen Ermittlungssache hatte.

„Wie macht Malte Magens das denn? Wie hält er Kontakt zu unserem Verdächtigen. Wo wohnt der Mann?" Martina Bell schwirrten so viele Gedanken im Kopf herum, aber auch hier konnte Landau ihren Wissensdurst schnell stillen.

„Ihr seht, so eine Arbeit ist eine ganz besondere und von so vielen Unwägbarkeiten abhängig. Wir können einerseits nur die Daumen drücken, dass unser Vorhaben gelingt. Andererseits müssen wir uns ernsthafte Gedanken machen, wie wir in dieser Angelegenheit Regie führen. Denn nichts anderes sind wir jetzt. Wir sind die Drehbuchautoren und die Regie für unseren Mann in Elmshorn.

*

„Hab' ich doch gesagt, dass wir uns öfter sehen werden", sagte Conrad Schuster alias Malte Magens, als der Mann von „Trans-Quick" beim ihm im Laden erschien und innerhalb von drei Tagen die zweite Lieferung abgab. Magens machte ein freundliches Gesicht. Gerwin Schmöck war weniger freundlich. „Ich weiß nicht, ob ich lange bei dieser Firma arbeiten kann." Malte Magens zog seine Stirn in Falten. „Nanu, ich denke das Unternehmen floriert. Gibt's Probleme?"
Zögernd antwortete der Paketbote. „Aufträge hat die Firma mehr als genug. Aber mein Chef machte so Andeutungen, dass er seinen Bruder mit ins Geschäft nehmen will. Dann bin ich mit meinem Wagen nicht mehr ausgelastet."
Malte reagierte schnell. Zwar war er überrascht von der sich plötzlich bietenden Chance, mit dem Verdächtigen näher in Kontakt zu treten, aber er war professionell genug, um dies überspielen zu können. „Wenn du nicht genug zum Fahren hast, dann melde dich bei mir, ich hab' in den nächsten Tagen das eine oder andere auf die Reise zu bringen." Der verdeckte Ermittler duzte den Boten einfach, um ihm zu signalisieren, dass er keine Distanz zu ihm haben wollte. Schmöck zeigte sofort Interesse. Auch er nahm das persönlichere 'Du'. „Was hast du denn zu fahren?" Malte Magens mußte sich schnell etwas ausdenken. Geschickt war er im Improvisieren. Deshalb hatte ihn dieser Job auch so gereizt. Von einer Sekunde auf die andere mußte er sich darstellen, und zwar so, dass die Geschichte weiterlief. Gar nicht zu vergleichen mit einem Schauspieler. Für den war die Rolle und der Text geschrieben. Für Malte Magens entwickelte sich die Rolle im Spiel. Ein manchmal lebensgefährliches Spiel.

*

„Unser Mann ist jetzt Auftraggeber für Schmöck", berichtete Christian Landau am nächsten Tag im 1. Kommissariat. Seine Mitarbeiter blickten ihn ungläubig an. „Wie hat er das denn geschafft?" wollte Martina Bell wissen. „Das ging ja schnell."

Landau hatte sich am Abend zuvor mit Harald Vossen und Conrad alias Malte in der Nähe von Elmshorn auf einem Autobahnrastplatz getroffen. Sein erster Eindruck von dem Mann mit zwei Identitäten war, dass hier einer voll und ganz in der zweiten Identität lebte. „Ich heiße Malte Magens", stellte er sich vor, „ich will in den nächsten Wochen nur so heißen und auch nur so angesprochen werden. Alles andere könnte mich durcheinander bringen. Und das wäre gefährlich für mich und für die Sache."

Harald Vossen nickte zu den Worten seines Spezialbeamten und sah zuversichtlich zu Christian Landau hinüber. Vossen wußte, dass sein Geheimermittler ein Supertalent war. Und dann hatte Malte seine bisherige Rolle dargestellt.

„Ja, Martina", sagte Landau, „das ging wirklich ganz schön schnell mit dem Kontakt. Aber die nächste Runde wird etwas schwieriger."

15.

„Du hältst die Klappe, oder?" Malte Magens Worte waren derb. Er sah seinen neuen Geschäftspartner prüfend an.

Schmöck zögerte. Er wußte nicht so recht, was er von Malte halten sollte. Alles war so schnell gegangen. Der Chef von „Trans-Quick" hatte ihm nach gut einer Woche das Ende der Zusammenarbeit erklärt. Hintergrund war sicher der Anruf von Johann Thomsen gewesen, der sich weitere Paketlieferungen durch den Zusteller Gerwin Schmöck verbeten hatte. Auf Nachfrage erfuhr der Chef von „Trans-Quick" auch, warum Thomsen sich weigerte, den ansonsten gut arbeitenden Schmöck als Zusteller zu akzeptieren.

„Sie finden sicher etwas", hatte der Chef noch gesagt und erläutert: „Unsere Firma kann es sich nicht leisten, jemanden zu den Kunden zu schicken, gegen den die Mordkommission ermittelt, das verstehen Sie doch sicherlich."

Erst dreimal war er in der einen Woche bei Magens gewesen, und beim dritten Mal hatte er das Angebot bekommen.

„Du könntest ab und zu mal gewisse Touren für mich fahren", hatte Malte Magens geheimnisvoll angekündigt. Und jetzt stand Schmöck in Magens' Laden, um sich seinen ersten Auftrag abzuholen. Eigenartig fand Schmöck, dass Magens ihm nicht per Telefon sagen wollte, worum es sich handelt. „Was ist nun? Kann ich mich auf dich verlassen?" Malte Magens drängelte und tat so, als würde er sich gleich von Schmöck abwenden.

„Na klar, du kannst dich auf mich verlassen. Ich kann die Klappe halten. Aber erzähl' erst mal, um was geht es denn?" Die Art und Weise, wie Schmöck diese Worte aussprach, signalisierte Magens, dass sein Kurier noch ganz und gar nicht überzeugt von dem war, was auf ihn zukommen sollte. Die Worte klangen vorsichtig und abwartend. Malte Magens erzählte nun eine Geschichte, die an Plausibilität kaum Wünsche offen ließ. Natürlich war sie frei erfunden, allerdings in jeder Nuance mit Harald Vossen und Christian Landau abgestimmt.

„Es geht um Uniformen und um Waffen", erklärte Magens vieldeutig, „und damit um ein möglicherweise gutes Geschäft." „Mit Waffen will ich nichts zu tun haben", wehrte Gerwin Schmöck ab, „dann hab' ich sofort wieder die Bullen auf dem Hals, und da hab' ich überhaupt keinen Bock drauf."

„Hey, nun mal sachte", wiegelte Magens ab, „das sind keine richtigen Waffen, Mensch, das sind Deko-Waffen. So Dinger, die sich einige Verrückte für viel Geld an die Wand hängen. Meinst du, ich bin so blöd und mach' etwas mit echten Waffen?"

Schmöck zeigte sich wieder interessiert. „Und was ist mit dem Zeug? Was hat es damit auf sich?"

„Das ist nun ein bißchen kompliziert", sagte Magens und erzählte seine erfundene Geschichte weiter. „Ich hab' lange Zeit mit einer Partnerin zusammen die Einkäufe gemacht. Sonja Kramer heißt die Tante. Es lief richtig gut mit uns. Wir haben tolle Dinge zusammen eingekauft, günstig sozusagen. Es gibt genug Sammler von Orden und solchen Dingen, denen Sonja klar machen konnte, dass man dafür nicht viel Geld bekommen kann. Den Ankauf hat Sonja organisiert und mir den Kram dann zugeschickt. Das waren die Pakete, die mir von deiner Firma zugeschickt wurden. Ich hatte gute Abnehmer für das Zeug, einige gut zahlende davon im Ausland."

„Und was hat das mit dem Job für mich zu tun?" Gerwin Schmöck wurde

ungeduldig. Er wollte wissen, woran er war. „Nun warte doch ab, ich erzähl's dir doch. Also, bis vor wenigen Tagen war Sonja mit dem zufrieden, was ich ihr von unserem Gewinn abgegeben habe. Aber seitdem ich im Internet einige Sammler von Uniformen und Waffen aufgetan habe, da macht Sonja Theater und glaubt, dass ich sie bescheißen will."
„Und? Das willst du doch auch, oder?"
„So kann man das nicht sehen. Ich sag' mal, ich hab' mit Sonja zusammen einen Geschäftszweig, und dann hab' ich mir noch mal einen eigenen aufgetan."
„Wo ist Sonja eigentlich, die hab' ich hier noch nicht gesehen?" „Sonja macht den Außendienst. Wir haben nur geschäftlich miteinander zu tun, mehr ist da nicht. Meistens meldet sie sich per Telefon, um eine Sendung anzukündigen. Ich schicke ihr dann ihren Anteil per Post. So hat es bisher gut geklappt mit meinen Geschäften, aber die Zukunft mit Sonja ist eher grau." „Aha, da soll ich also für dich die neue Zukunft spielen?"
„Wenn du so willst, dann kann man es so sagen. Es geht darum, dass du die von mir georderten Waren bei meinen Lieferanten in Mecklenburg-Vorpommern und Brandenburg abholst und dann irgendwie zwischenlagerst, bis ich einen lukrativen Abnehmer gefunden habe. Dann bringst du das Zeug dahin."
„Du bist gut", erwiderte Gerwin Schmöck, „wo soll ich dein Zeug denn lagern? Ich hab' keinen Lagerraum oder ähnliches." „Dann verschaffst du dir sowas. Miete eine Garage an, und der Rubel rollt." Malte Magens verstand es, in ganz subtiler Art und Weise seinen Geschäftspartner in spe für sich zu gewinnen."
„Und warum mietest du selber nichts an?" Das Mißtrauen bei Schmöck war noch nicht verflogen.
„Ein kleines Risiko mußt du auch tragen. Ich zahl' doch schon für den Ankauf", erklärte Magens einleuchtend.
„Und warum soll ich die Klappe halten?" wollte Gerwin Schmöck nun wissen.
„Weil nicht jeder wissen muß, dass ich nicht nur in Orden und Ehrenzeichen mache. Insbesondere Sonja sollte davon nichts erfahren. Sie ist ziemlich sauer auf mich, wenn sie mitkriegt, dass ich eben auch noch eigene Geschäfte mache. Und Sonja ist nicht ohne, das sag' ich dir. Aber

was es damit auf sich hat, das erzähl' ich ein anderes Mal."

*

„Wie soll das denn überhaupt klappen?" fragte Martina Bell ihren Kommissariatsleiter. Sie hatte gerade in der morgendlichen Frühbesprechung erfahren, dass Gerwin Schmöck jetzt ab und zu Touren für Malte Magens fahren sollte. „Das muß doch auch glaubwürdig sein. Der Schmöck ist ja nicht blöd." Martina hatte echte Zweifel, dass die Legende des verdeckten Ermittlers aufplatzen könnte.

„Das ist auch glaubwürdig", verteidigte Christian Landau den Plan, den er mit Harald Vossen zusammen ausgedacht hatte. „Malte Magens macht einen guten Job. Dem würde selbst ich was abkaufen, und ich käme nicht darauf, dass der den Händler nur spielt." Landau wollte Zuversicht zeigen. Es gefiel ihm nicht, dass Martina Bell plötzlich so zögerlich wirkte. Diese Stimmung sollte nicht auf das ganze Team übergehen. Deshalb wandte er sich an alle seine Mitarbeiter im Kommissariat. „Ich weiß, dass wir alle hier einen Fall so noch nicht bearbeitet haben. Es ist auch für mich gewissermaßen Neuland. Aber was hätten wir denn sonst für eine Chance, an Schmöck heranzukommen? Mit den herkömmlichen Methoden unserer Zunft konnten wir bei diesem Tatverdächtigen nichts ausrichten. Das heißt, wir müßten den Fall aufgeben. Und Aufgeben ist das letzte, was man sich erlauben darf. Was soll ich denn der Mutter von Marianne Petersen erzählen, wenn wir aufgeben würden? Entschuldigen Sie bitte, aber wir kommen an den Mann nicht heran, der Ihre Tochter umgebracht hat? Das kann ich ihr nicht erzählen, das will ich ihr auch nicht erzählen, und das werde ich ihr auch nicht erzählen. Wir geben nämlich nicht auf."
Martina war überrascht, diese deutlichen Worte von Landau zu hören. „Hey, Christian, so hab' ich das doch nicht gemeint. Ich nicht und die anderen hier im Kommissariat auch nicht. Mir ist diese Arbeitsweise nur etwas fremd, weil man selbst nicht eingreifen kann und sich auf das Können unseres verdeckten Beamten verlassen muß. Aufgeben will von uns niemand."
Lukas Grote schaltete sich ein. „Ich glaube, es ist richtig, was Martina gesagt hat, Christian. Uns allen ist wohl anzumerken, dass wir im normalen

Arbeitsleben so gut wie gar nichts mit einem verdeckten Ermittler zu tun haben. Ich kenne das zwar aus meiner Zeit als Rauschgiftermittler beim LKA, aber den Fall so ganz und gar dem Verdeckten zu überlassen, das ist schon ungewöhnlich."

Christian Landau blickte in die Runde. Er war ernst, sehr ernst. Claudia Kaufmann versuchte, die graue Stimmung aufzuhellen. „Leute, nun mal nicht so mutlos. Wir sind doch schon richtig weit in dieser Ermittlung."

„Was heißt das denn nun?" fragte Gerrit Nielsen bissig.

„Das sehe ich so. Wir kennen zwar noch nicht das genaue Schicksal von Marianne Petersen, aber wir wissen genau, wer dafür verantwortlich ist. Und jetzt versuchen wir gerade, diesen Verantwortlichen zu überführen. Das ist doch 'ne ganze Menge, oder? Nicht jeder Fall in diesem Kommissariat hatte so üppige Anfasser, mit denen man den Täter kriegen kann. Deshalb bin ich sehr optimistisch, dass wir den Schmöck kriegen."

Landau war dankbar für diese Ansprache von Claudia. Das war nicht nur eine bloße Phrase, das war authentischer Optimismus, wie ihn Claudia seit zwei Jahrzehnten im 1. Kommissariat verkörperte. Der Chef nickte ihr zu, und den anderen auch. Sehr deutlich und bestimmt klang sein Satz: „Wir schaffen das!"

Von einer Sekunde auf die andere war die merkwürdig trübe Stimmung verschwunden. Martina fragte neugierig: „Hast du eine Idee, wie wir den Schmöck dazu bringen, dass er Malte etwas von dem erzählt, was er uns verschweigt?"

„Ja, hab' ich", antwortete Landau nun besser gelaunt. „Die beiden müssen dichter zusammen rücken, quasi in eine gemeinsame Leidensgemeinschaft."

„Wie geht das denn?"

„Erstmal laßt uns die beiden doch ihre gemeinsamen Geschäfte machen. Dann kommen die sich schon näher."

„Wo kommt denn das Zeug her, das Malte von seinen angeblichen Lieferanten bezieht?"

„Ihr kennt doch den Militariahändler Entenmann, der uns vor drei Jahren so viel Arbeit gemacht hat."

„Ja", erwiderte Lukas Grote, „bei dem haben die Kollegen vom Betrugskommissariat doch riesige Mengen von Uniformen und Dekowaffen

weggeholt, weil die Sachen von Entenmann angeblich als echte Sachen verkauft wurden. Tatsächlich waren es Plagiate, gut gemachte allerdings."
„Richtig, die Sachen sind so gut gemacht, dass auch gestandene Sammler darauf reingefallen sind."
„Und was ist mit diesen Sachen?"
„Der Entenmann hat bei den Kollegen zugegeben, dass alles ein Riesenschwindel war. Der Einziehung und Vernichtung seiner Ware stimmte er zu. Das war eine Riesenmenge in der Betrugsasservatenkammer. Bevor das Zeugs vernichtet wird, soll es noch gute Dienste für die Strafverfolgung tun", sagte Landau nicht ohne Stolz auf seine geniale Idee.
„Was sind das denn für Lieferanten?"
„Das sind auch verdeckte Ermittler. Die schlüpfen mal kurz in die Rolle eines Militariasammlers, der sich von seinen Schätzen trennt."
„Toll", fand Martina Bell, „richtig toll."

*

„Herr Landau, können Sie zu mir nach Hause kommen. Ich habe da ein großes Problem". Vier Wochen war es jetzt schon auf den Tag genau her, dass Marianne Petersen verschwunden war. Insa Petersen war es, die den Ermittler anrief, weil sie nicht weiter wußte. „Die Großeltern von Marianne sind hier, also meine Schwiegereltern. Sie waren nach ihrer Australienreise zuerst nach Ingolstadt gefahren, wo sie zu Hause sind. Beide haben sich zwar per Telefon bei mir gemeldet, aber, Herr Landau, ich konnte einfach nicht erzählen, dass meine Tochter, ihre Enkelin, verschwunden ist." Insa Petersen machte eine Pause, sie rang nach Worten. Landau wartete geduldig, bis die Mutter fortfuhr. „Dann wollten sie zu Besuch kommen, und ich mußte es ihnen sagen. Jetzt sind sie hier und machen mir Vorwürfe, weil ich nichts gesagt habe. Ich weiß auch nicht, Herr Landau, können Sie mir helfen?"
„Ich komme gleich mal vorbei", versprach der Kriminalbeamte der ratlosen Insa Petersen. Aber was sollte er den Großeltern erzählen? Landau wußte es nicht. Aber er wollte Frau Petersen nicht alleine lassen. Mit gemischten Gefühlen setzte er sich in den Dienstwagen und fuhr nach Elmshorn. Diese Gefühle hatten sich nicht gebessert, als er an der Wohnungstür klingelte.

„Kommen Sie herein", forderte ihn Mariannes Mutter auf, und Landau sah in verweinte Augen. „Darf ich vorstellen, das sind meine Schwiegereltern." Christian Landau begrüßte den Besuch aus Ingolstadt und spürte sofort, dass die Begegnung einen unschönen Verlauf nehmen könnte.

Er sollte sich nicht getäuscht haben. Der robuste, trotz seiner fast siebzig Lebensjahre sportlich wirkende Großvater erhob sofort das Wort, als Landau im Wohnzimmer Platz genommen hatte. „Sie wissen also seit vier Wochen nicht, wo unsere Enkelin ist? Was machen Sie denn die ganze Zeit? Warum wissen Sie nicht, wo Marianne ist." Die Stimme des Mannes war tief und wirkte fast bedrohlich. Seine Frau Annegret saß auf der Couch neben ihm und schüttelte unterstützend ihren Kopf. Insa Petersen war in der Wohnzimmertür stehen geblieben, und Christian Landau konnte ihr ansehen, dass ihr das Auftreten ihrer Schwiegereltern peinlich war. „Georg", sprach sie ihren Schwiegervater an, „so kannst du doch nicht mit Herrn Landau reden."

Georg Petersen kümmerte sich nicht um die Bedenken seiner Schwiegertochter. Er polterte weiter. „Da sind wir schon tagelang von Australien zurück, aber die Kripo hält es nicht für nötig, uns mal Bescheid zu geben. Unsere Schwiegertochter allerdings auch nicht."

„Herr Petersen", begann Landau auf die Vorwürfe einzugehen, „Herr Petersen, ich kann wirklich verstehen, dass Sie und Ihre Frau sich Sorgen machen. Das ist mir ganz klar. Ich kann versichern, dass in den letzten Wochen alles geschehen ist, was geschehen mußte, um Marianne zu finden. Dabei hat Ihre Schwiegertochter erheblich mitgeholfen. Und das wird sie sicher auch weiter tun, da bin ich sicher. Ich bin auch sicher, dass Sie und Ihre Frau als Großeltern die Arbeit der Polizei auch unterstützen." Landau wollte dem Großvater den Wind aus den Segeln nehmen. Das gelang ihm jedoch nicht in dem Maße, wie er sich das erhofft hatte.

„Welche Arbeit ist es denn. Man liest ja nichts in der Zeitung. Wahrscheinlich warten Sie da nur in ihrem Amtsstübchen, bis man unsere Marianne dann irgendwo...." Weiter konnte Georg Petersen dann doch nicht. Beim Sprechen merkte er, welches endgültige Szenario er gerade ausgemalt hatte. Er stockte, schlug seine beiden großen Hände vor sein Gesicht und schluchzte.

Christian Landau bedauerte, dass er kürzlich Insa Petersen gegenüber darstellt hatte, kaum Hoffnung auf einen glücklichen Ausgang des Dramas zu hegen. In solchen Fällen ist es für einen Ermittler leichter im Umgang mit den Angehörigen einer vermißten Person, wenn die Hoffnung am Leben gehalten wird, wenn diese Hoffnung auf eine gesunde Rückkehr der Vermißten nicht totgeredet wird.

Nun konnte Landau diese Hoffnung nicht nähren, er mußte andere Argumente finden. Zögernd sagte er den Großeltern. „Was auch immer geschehen sein mag, wir wollen wissen, was passiert ist und wo Marianne jetzt ist. Vorher geben wir von der Polizei keine Ruhe. Verlassen Sie sich darauf."

Mit großer Unzufriedenheit verließ der Ermittler die Wohnung von Insa Petersen.

16.

„Dort an der Ampel rechts", dirigierte Malte Magens den Fahrer des Transporters. Er begleitete Gerwin Schmöck bei seiner dritten Tour für ihn.Es ging nach Flensburg. Die beiden ersten Fahrten hatten ihn nach Perleberg und nach Boltenhagen geführt. Als Fracht waren ihm von den Lieferanten einmal acht Umzugskartons und beim zweiten Mal zehn größere Pakete mit Uniformen und Deko-Waffen übergeben worden. Der Lohn für diese beiden Fahrten hielt sich in Grenzen, insgesamt hatte Schmöck 250 Euro erhalten.

„Ist da hinten links nicht die Halle, in der die Flensburger Handballer ihre Bundesligaspiele machen?" fragte Schmöck seinen Mitfahrer, als er von der Flensburger Osttangente abbog, um in den Stadtteil Engelsby zu gelangen.

„Richtig", erwiderte Malte, der drei Jahre zuvor einen Einsatz im Flensburger Hafen erfolgreich zu Ende geführt hatte. Damals war er zwei Monate als Hilfsarbeiter einer Baufirma eingesetzt gewesen, um den organisierten Diebstahl von Handwerkermaschinen auf einer Großbaustelle am Hafen zu klären. Daher kannte er Flensburg und natürlich die erfolgreichen Handballer. „Ja, da drüben in der Campus-Halle spielen die Jungs von Flensburg-Handewitt. Ich bin schon einmal in der Halle gewesen, als die Flensburger gegen den Erzkonkurrenten THW Kiel

gespielt haben. Das ist vielleicht 'ne Stimmung, kann ich dir sagen."
„Wie kommst du denn nach Flensburg?" fragte Schmöck.
Malte war auf der Hut. Seine Antwort mußte schlüssig sein. „Da war ein Geschäft, das Sonja eingefädelt hatte. Ich habe die Sachen selbst abgeholt." Magens war froh, dass sie am Ziel waren. „Da vorn gegenüber vom Lidl-Markt kannst du halten."
Schmöck folgte den Anweisungen und hielt an. Malte Magens verließ das Fahrzeug und klingelte an der Tür eines Flachdachbungalows. Ein fast sechzig Jahre alter, untersetzter Mann öffnete und kam mit Malte zum Transporter. Die Übergabe der Ware an den Kunden dauerte keine fünf Minuten, da waren Schmöck und Magens bereits wieder auf der Rückfahrt.
Auf der A 7 in Höhe der Ausfahrt Schuby langte Malte Magens in die Innenbrusttasche seiner abgewetzten Lederjacke. Er zählte kurz einige Euro-Noten zusammen und übergab dem Fahrer 200 Euro. „Hier, für dich, war ein gutes Geschäft heute".
Schmöck nahm die Scheine, legte sie vorn auf die Ablage und stellte erfreut fest: „Wenn du täglich zwei von diesen Kunden hast, dann könnte ich gut auskommen."
„Du, das Leben ist hart, und das Geld bei den Leuten ist nicht mehr so reichlich. Man muß sich schon drehen, wenn der Rubel rollen soll."
„Aber deshalb hast du doch deinen neuen Geschäftszweig mit den Uniformen und den Waffen. Bei mir sieht es dagegen nicht rosig aus. Und für diese Karre hier brauche ich jeden Monat 300 Euro für die Leasingraten."
„Rosig?" meinte Malte, „Rosig sieht es bei mir auch nicht aus. Ich denke auch ständig darüber nach, wie man so richtig Geld machen kann."
„Hast du denn eine Idee?" Gerwin Schmöck war neugierig.
„Also, die Sache mit meinem Handel ist sozusagen mein Brötchenjob, mehr nicht. Wenn es um ein Auto geht oder um einen richtig guten Urlaub, Malediven und so, dann muß es schon mal mit Mut zum Risiko laufen."
„Was meinst du denn damit?"
Magens sah den Fahrer an. „Na, so ein Ding, von dem das Finanzamt gar nichts und die Bullen erst recht nichts wissen dürfen, sonst wird es nichts mit der Extra-Portion Luxus."
Gerwin Schmöck nickte und schob vielsagend seine Unterlippe nach vorn.

Nur kurz registrierte er den schief wirkenden Wiking-Turm, als er auf der A 7 Schleswig passierte.

*

Harald Vossen wirkte unsicher. „Wie weit sollen wir gehen, Christian? Unser Mann und der Schmöck verstehen sich so gut, dass sie sich nun über die Vorteile nicht legal erworbener Gelder unterhalten. Das hat mir Malte jedenfalls gestern Abend noch per Telefon berichtet. Vorher waren sie geschäftlich im Norden."

„Wo denn?"

„In Flensburg lief das sogenannte Geschäft", antwortete Vossen.

„Und Schmöck hat keine Zweifel an der Echtheit des Handels?" „Nö, warum auch? Malte ist gut drauf. Der Käufer gestern war auch einer von meiner Truppe. Das Geld fließt, und Gerwin Schmöck kriegt was ab. Warum sollte der mißtrauisch sein?"

Das wußte Christian Landau auch nicht. Er grübelte darüber nach, wie Malte den Gerwin Schmöck dahin bringen könnte, über das Schicksal von Marianne Petersen zu plaudern.

„Nochmal, Christian, wie weit soll Malte gehen?"

Landau schaute fast verträumt von seinem Büroplatz aus dem Fenster und sah vor dem alten Backsteinhaus der Polizei in Klosterhausen den großen Verkehrskreisel. Immer wenn er auf diesen Kreisel sah, dann wunderte er sich darüber, dass aus einem solchen Gewusel von fahrenden Autos außerhalb des Kreisels ein geordneter Verkehrsstrom entstand. So ähnlich war es mit seinen Gedanken zu den Möglichkeiten, in dem Fall Marianne weiter zu kommen. Alles drehte sich um diesen Fall, und Landau fand, dass mit dem Einsatz von Malte Magens endlich eine geordnete Richtung gefunden worden war.

„Wie weit Malte gehen soll?"

„Ja, genau." Der MEK-Mann wurde ungeduldig.

Landau war dagegen ganz ruhig. „Das ist doch alles gesetzlich geregelt. Malte darf keine Straftaten begehen. Das weißt du doch. Und Straftaten soll Malte auch nicht begehen."

„Aber wenn er sich mit Schmöck schon über solche Sachen unterhält, dann

muß doch bald was passieren, damit Malte glaubwürdig bleibt."
„Malte muß so tun, als ob", erwiderte Christian Landau, „und ich könnte
mir auch ungefähr vorstellen, wie er das anstellt."

17.

Sonja war da. Sie kramte auf Maltes Schreibtisch in den Papieren, als
Gerwin Schmöck mittags in dem Elmshorner Laden erschien, während
Malte selbst einige Weltkriegsorden polierte und in kleine Pappschachteln
steckte.
„Hallo Gerwin, schön, dass du mal reinguckst", bemerkte Malte freundlich
und sah kurz zu Sonja. „Darf ich dir Sonja vorstellen? Sonja, das ist
Gerwin. Ich hab' dir doch von ihm erzählt. Er hilft mir ab und zu mal."
Sonja ging auf Gerwin zu und gab ihm die Hand. „Guten Tag, Gerwin.
Schön, dass du uns ab und zu mal hilfst." Sonja duzte den Besucher ohne
Umschweife, so als sei dies das Normalste von der ganzen Welt.
Gerwin Schmöck bemerkte die Spitze der blonden Frau sofort. Sie machte
mit diesem Satz klar, dass sie gemeinsam mit Malte das Geschäft führte,
nicht er allein. Ein Blick zu Malte Magens, und Schmöck wußte, dass er
mit seiner Vermutung richtig lag. Da lag Spannung in der Luft.
Malte versuchte, die Situation zu überspielen. „Du, Gerwin, am Freitag in
der kommenden Woche hätte ich vielleicht was für dich, wenn du an dem
Tag Zeit hast."
Sonja runzelte die Stirn und sagte schnippisch. „Dann will ich euch mal
nicht stören. Du weißt Bescheid, Malte, ich will demnächst von dir eine
detaillierte Abrechnung über die Geschäfte von den letzten zwölf Monaten.
Das kommt mir nämlich langsam alles ein bißchen spanisch vor." Mit
diesem Worten verließ Sonja den Laden, ohne weder Malte noch Gerwin
eines Blickes zu würdigen.
Gerwin Schmöck blickte dieser Frau verzaubert nach. Er war stark
beeindruckt von der Art und Weise, wie sie Malte mit nur wenigen Worten
ihre Meinung gesagt hatte.

*

Antje 'Queen' Wolmbach hatte ihre erste größere feste Rolle als verdeckte Ermittlerin gespielt. Keinen Augenblick hatte sie gezögert, als Harald Vossen sie gefragt hatte, ob sie in diesem Fall die Sonja spielen könnte.

*

„Ist das 'ne tolle Frau", schwärmte Gerwin Schmöck, als Sonja aus dem Laden gegangen war. „Die sieht super aus, und sie weiß, was sie will, einfach toll."

Malte druckste herum. „Ja, ja, die weiß was sie will. Die kann ganz schön giftig sein, das hab' ich schon einige Male erlebt."

„Woher kennst du Sonja eigentlich? Was macht sie sonst?" Schmöck zeigte sich sehr interessiert. Er wollte mehr über diese Frau wissen, die es ihm offensichtlich angetan hatte.

„Das glaubst du nicht. Sie war bis vor drei Jahren als sogenannte 'Puffmutter' im Moulin Rouge in Heide."

Gerwin Schmöck kriegte den Mund nicht wieder zu. Es dauerte einige Augenblicke, bis er überhaupt etwas sagen konnte. „Dieses junge Ding soll Puffmutter gewesen sein. Das gibt's nicht. Das glaub' ich nicht."

„Tja, das ist ja auch deine Sache, ob du das glaubst oder nicht", entgegnete Malte Magens und tat so, als sei er beleidigt darüber, dass der Mann, dem er schon einige Jobs verschafft hatte, ihm nicht glauben würde. Er sah eine ganze Zeit auf die kleinen Kartons, in die er kurz zuvor noch die EK I und EK II aus dem 2. Weltkrieg verpackt hatte. Dann erklärte er: „Na klar, das ist auch ungewöhnlich. Aber das Mädel hat wirklich was drauf. Sie hat den Laden in Heide geschmissen, weil sie es von ihrem damaligen Freund ‚Hamburger Jan' gelernt hat. Und zwar von der Pike auf."

„Hamburger Jan? Wer ist das denn?" wollte Schmöck wissen. „Der Typ hat praktisch das Bordell Moulin Rouge am Heider Bahnhof saniert. Das war früher mal so ein Bauern-Puff, der mehr schlecht als recht lief. Da erschien Jan aus Hamburg, daher der Spitzname ‚Hamburger Jan', und machte daraus ein Schmuckstück von Bordell. Über die Kreisgrenzen hinaus war der Laden bekannt bei den Geschäftsleuten. Die ließen dort die Puppen tanzen, und der Hamburger Jan kam groß raus. Seine damalige Freundin war Sonja, die nie vor dem Tresen, sondern immer nur hinter dem

Tresen gearbeitet hat. Der Hamburger Jan vertraute ihr voll, und Sonja ist ein Naturtalent im Umgang mit Menschen, die nicht wissen, wie sie ihr Geld loswerden wollen." Schmöck staunte. Das hätte er im Leben nicht gedacht. „Und was ist passiert? Ist Sonja nicht mehr in dem Heider Puff?"

„Nee, das ist vorbei. Hamburger Jan hat den Bogen überspannt, er verzockte sein Geld bei seinen lieben Kollegen von St. Pauli und konnte in Heide den Hals nicht vollkriegen. Es kam, wie es kommen mußte. Die Polizei ermittelte gegen ihn wegen der üblichen Rotlicht-Delikte, und irgendwann kam der große Knall. Hamburger Jan wurde wegen Förderung der Prostitution verurteilt, er mußte für Jahre in den Knast. Sonja hat diese ganze Geschichte so mitgenommen, dass sie erstmal aus dem Geschäft mit der Horizontalen ausgestiegen ist."

Schmöck sah Malte kritisch an. „Und woher weißt du das alles?"

Die Antwort überraschte Schmöck an diesem Tag ein weiteres Mal. „Ich war mit dabei im Edel-Puff in Heide. Sozusagen als freier Mitarbeiter, oder wenn du so willst, ich war der Hausmeister im Moulin Rouge."

Gerwin Schmöck war sichtlich beeindruckt.

Doch dann er mußte es wissen. „Und warum bist du nicht mehr im Rotlicht?"

„Ich mußte so ein bißchen auf Tauchstation gehen, damit die Bullen mir nichts tun", erklärte Malte, und Schmöck glaubte es. Er sah Malte lange nachdenklich an, bis dieser sich dadurch gestört fühlte. Gereizt fragte Malte Magens: „Was is'? Das mit dem Puff war doch nichts Schlimmes. Das ist ein ganz normaler Job gewesen, und ich hab' dabei gutes Geld verdient."

„Das denke ich auch, man sollte sich diesbezüglich was überlegen. Denn ich muß auf jeden Fall was machen."

Malte Magens wiederholte bedächtig „Man soll sich diesbezüglich was überlegen... Mann, das ist nicht so einfach. Das müssen wir ganz in Ruhe besprechen. Komm' mal am nächsten Freitagmittag hier vorbei, dann können wir uns das näher überlegen."

*

„Malte und Schmöck wollen ins Rotlicht-Geschäft", berichtete Christian

Landau in der Frühbesprechung seiner Dienststelle.

„Wie? Das ist ja 'n Ding." Martina Bell war erstaunt. „Was wollen die denn machen? Das geht doch nicht so einfach."

„Genau", sagte Landau, „wir müssen uns überlegen, was Malte überhaupt machen kann...."

„... und machen darf", ergänzte Lukas Grote. Sein deutlicher Hinweis auf die Rechtslage war für alle im 1. K unüberhörbar. „Sicher, Lukas, unser Mann darf nur im absolut grünen Bereich handeln," versicherte der Kommissariatsleiter. Er wolle jetzt keine Diskussion aufkommen lassen, die den Optimismus aller stören könnte. Es war auch für den Chef klar, dass von Malte keine Dinge unternommen werden durften, die außerhalb des Erlaubten lagen. Aber Landau war im Gegensatz zu Grote wohl eher geneigt, bis an die Grenzen der Gesetze zu gehen, den Rand zu streifen und vielleicht auch mal in der Grauzone zu agieren. „Ein Problem haben wir aber nach wie vor", gab Martina Bell zu bedenken und blickte ernst in die Kollegenrunde. Gerrit Nielsen stubste sie an und fragte neugierig: „Und das wäre welches?" „Nun, Malte Magens und Gerwin Schmöck haben Kontakt. Sie haben vielleicht auch gemeinsam etwas vor. Rotlicht und so. Schön und gut. Wie aber bringen wir Schmöck dazu, dass er unserem Mann verrät, was er mit Marianne angestellt hat?"

„Das ist die große Schwierigkeit, die Malte meistern muß. Er muß den Schmöck zu diesem Thema bringen", fand Christian Landau und merkte beim Sprechen, dass er sich nicht klar genug ausdrückte. Das verständnislose Stirnrunzeln von Martina Bell signalisierte es ihm. Er präzisierte: „Unser Mann und Schmöck müssen ein gemeinsames Thema haben. Beide dürfen keine Geheimnisse voreinander haben. Sie müssen sich alles erzählen." „Dann muß Malte Magens aber in Vorleistung treten, denn sonst könnten wir lange auf Schmöcks Lebenserinnerung warten", analysierte Claudia Kaufmann treffsicher die Schwachstelle von Landaus Gedanken. Der Chef kommentierte den richtigen Einwurf von Claudia mit dem Hinweis, dass ein verdeckt operierender Ermittler gewissermaßen immer in Vorleistung treten müsse, schon allein um seiner Legende genügend Stoff zu geben. Dann formulierte Landau jedoch das Grundproblem. „Claudia, du meinst sicher, dass unser Mann mindestens genau soviel Dreck am Stecken haben muß wie Schmöck. Richtig?" „Genau", erwiderte Claudia Kaufmann, „und diesen Dreck muß er unserem Hauptverdächtigen dann noch glaubhaft darstellen, Schmöck darf keine Zweifel haben, sonst geht's schief."

„Moment mal." Lukas Grote hatte Bedenken. „Wie soll Magens denn darstellen, dass er ein Verbrecher ist, wenn er keine Verbrechen begehen darf?"

„Er muß so tun, als wäre er ein Verbrecher", entgegnete Gerrit. „Das reicht nicht", sagte Landau. Die Dynamik des äußerst konstruktiv geführten Gesprächs hatte ihm den Ball zugeworfen. „Malte muß Schmöck davon überzeugen."

18.

„Hallo! Hallo, Malte!"

Die Ladentür war nicht verschlossen, aber Malte war nicht da, als Gerwin Schmöck am Freitagmittag vorbei kam. Schmöck sah auf das selbstgemalte Pappschild im Türrahmen, auf dem die Kunden die Öffnungszeiten des Ladens ablesen konnten. Malte muß wohl vergessen haben, sein Geschäft jetzt in der Mittagspause von 12.00 Uhr bis 14.30 Uhr abzuschließen, dachte sich Gerwin Schmöck und ging weiter in den Laden. Hinter einem Vorhang führte beim Tresen eine Treppe in das obere Stockwerk, in dem Malte Magens seine kleine Wohnung hatte. Der Besucher ging zur Treppe und rief von dort noch einmal nach dem Ladenbesitzer. Oben rührte sich etwas. Malte antwortete merkwürdig. „Moment. Ich kann jetzt nicht. Ich will..." Dann polterte etwas, und Gerwin Schmöck meinte, dass ein Blecheimer umgefallen sei. Er nahm die wenigen Stufen nach oben und wollte gerade noch einmal „Hallo Malte" sagen, als dieser plötzlich vor ihm in der Tür zum Wohnungsflur stand. Malte sah völlig verstört aus. Er schwitzte sehr, sein helles T-Shirt und seine Jeanshose waren stark verschmutzt. Malte stellte sich schweigend vor den Besucher, der am oberen Ende der Treppe stand. Sein Atem ging schwer, und Schmöck hatte den Eindruck, dass Malte ihn gar nicht wahr nahm, sonder quasi durch ihn hindurch sah.

„Hey, Malte, was ist denn?" Schmöck ging einen Schritt vor.

„Nicht, nicht reinkommen", stammelte Malte Magens sichtlich erregt. Er strich sich mit der rechten Hand übers Gesicht und Schmöck sah, dass Malte sich mit der Hand Blut ins Gesicht wischte. Malte sah aus, wie ein Indianer auf dem Kriegspfad. In seinem blassen Gesicht wirkte die rote Farbe der blutigen Wischer unwirklich. Gerwin Schmöck registrierte, dass etwas Schreckliches passiert sein mußte. „Was war los?"

„Ich weiß nicht, es ging alles so schnell", stotterte Malte. Er drehte seinen Kopf in Richtung Flur. Sein Blick blieb an einer großflächigen roten Spritzspur an der linken Flurwand hängen. Es sah so aus, als wäre dort in anderthalb Metern Höhe ein Farbbeutel geplatzt. Aber es war keine Farbe dort an der Wand, es war Blut. Auch Schmöck sah nun in den zwei Meter breiten und vier Meter langen Flur. Er bemerkte die riesige Blutlache auf dem Laminatboden unterhalb der Spur an der Wand. In der Mitte der Lache, die von der Wohnungstür wie ein bizarr geformter roter Teppichläufer aussah und die beiden Seitenwände miteinander fast verband, war eine kopfgroße Aussparung. Schmöck ging in den Flur und bemerkte den Geruch, den Geruch des frischen Blutes, den Geruch des Todes. In der Aussparung sah Schmöck blonde Haarbüschel. Von diesem Bereich waren sternförmige Spritzspuren bis zu den Wänden zu sehen. Das Blut in der Lache war zum Teil geronnen und in den Rändern verkrustet.

„Was ist passiert?" fragte Schmöck. Er merkte, dass seine Stimme vor Aufregung zitterte. „Malte, was war hier los?"

Malte Magens schüttelte den Kopf. Dann krümmte er sich, hielt beide Hände vor seinen Bauch und fing an zu würgen. Bruchstückhaft antwortete er. „Sonja....sie...sie wollte....sie wollte mit....mit 'ner Keule auf mich los..... da hab' ich ihr... ich weiß nicht wie.... da hab' ich ihr das Ding...das Ding..." Malte machte eine Bewegung, als würde er mit einem Schläger weit ausholen und zuschlagen, immer wieder zugeschlagen. „Ich hab' ihr das Ding auf den Kopf.... auf den Kopf.....auf den Kopf."

„Und was ist mit ihr?"

„Tot. Sie ist tot." Malte sprach diese Worte ohne Stocken, aber sie wirkten so, als wäre er ganz weit weg.

„Oha." Gerwin Schmöck schluckte trocken. „Wo ist sie?"

„Ich, ich hab' sie weggebracht. Sie, sie ist weg. Sie ist weg."

„Du Malte, damit will ich nichts zu tun haben. Ich hab' schon genug Ärger mit den Bullen wegen so einer Sache. Ich will damit nichts zu tun haben, verstehst du?" Gerwin Schmöck ging rückwärts zur Wohnungstür. Malte Magens nickte matt und atmete immer noch schwer, als Gerwin Schmöck fast fluchtartig die Treppe hinunterstürzte und das Haus durch den Laden verließ.

*

„Er hat ihn nicht angezeigt", bemerkte Christian Landau nicht ohne Stolz bei der Frühbesprechung am darauffolgenden Montag in seinem Kommissariat. „Am Wochenende auch kein anonymer Anruf beim Notruf 110."

„Dann will Schmöck seinen Kumpel tatsächlich nicht verpetzen", resümierte Martina Bell. Der Tonfall ihrer Worte versprühte den von ihr gewohnten Optimismus.

Lukas Grote war da skeptischer. „Hoffentlich will Schmöck nach dieser Vorstellung unseres Mannes überhaupt noch etwas mit ihm zu tun haben."

Harald Vossen, der zu dieser Besprechung eingeladen war, beurteilte die gesamte Situation positiv. „Ich hab' die ganze Geschichte per Videoübertragung in meinem Fahrzeug verfolgt. Schmöck hat einen ordentlichen Schreck bekommen, als er das alles begriffen hat. Ich schätze ihn so ein, dass er sich nur mal ein paar Tage erholen muß. Der kommt dann wieder. Der will doch was von Malte."

„Genau", fand Gerrit Nielsen, „und nun kann er sich Malte gegenüber noch viel stärker durchsetzen."

„Warum?" wollte Martina wissen.

„Na, ist doch logisch. Schmöck hat unseren Mann sozusagen in der Hand. Er weiß etwas von ihm, was die Polizei nicht wissen soll. Das wird er ausnutzen wollen."

19.

Auf den Tag genau zwei Wochen wartete Malte. Er säuberte in dieser Zeit seine Wohnung von den Spuren, die seine Zielperson offensichtlich so außer Fassung gebracht hatten. Schmöck hatte sich nicht sehen und hören lassen. Malte hatte in dieser Zeit immer wieder Zweifel gehabt, ob ihm

tatsächlich der Coup gelungen war, ein schlimmes Verbrechen vorzu-
täuschen. Hatte der Tatverdächtige im Fall Marianne Petersen den Köder
angenommen? Wenn ja, würde die Offenbarung eines Verbrechens Gerwin
Schmöck wirklich dazu bringen, selbst über sein Verbrechen zu reden?
Oder wurde Schmöck durch Magens' Verbrechen verprellt? Würde er
Begegnungen mit Malte zukünftig meiden? Diese widersprüchlichen
Gedanken beschäftigten den verdeckten Ermittler, während er nach außen
Normalität spielte. Er stand also Tag für Tag in seinem Laden. Nur
unterließ er es, seinerseits Kontakt zu Schmöck aufzunehmen, um ihn mit
geschäftlichen Transporten zu beauftragen. Nein, Schmöck müßte schon
von selbst auftauchen.

„Hast du nichts mehr zu tun für mich?"
Malte war gar nicht aufgefallen, dass Gerwin Schmöck einige Augenblicke
draußen vor dem Schaufenster gestanden und in den Laden geschaut hatte.
Dann wurde die Tür geöffnet, und Malte blickte zur Tür. Er war von sich
aus hergekommen!

„Ich hab' mich nicht bei dir gemeldet, weil ich... weil ich ... " Malte mimte
den Nervösen.

„Ich hab' die Bullen nicht gerufen", versicherte Schmöck.

„Danke." Maltes Stimme klang erleichtert. „Ich weiß wirklich nicht, wie
das passieren konnte. Ich wollte das nicht mit Sonja."

„Wie konntest du nur? Mann, das war Mord." Schmöcks Worte kamen
leise, zischend und vorwurfsvoll.

„Die hat total verrückt gespielt, und dann diese Keule. Damit wollte sie
mich totschlagen."

„Glaubst du denn, dass die Bullen nicht auf dich kommen?" Der Blick von
Schmöck war abschätzend, fast verächtlich.

Malte Magens zog die Mundwinkel nach unten, er wirkte ratlos.

„Mann, die kommen auf dich, wenn Sonja vermißt gemeldet wird. Wenn
so ein Mensch vermißt wird, dann graben die Bullen sein ganzes Umfeld
um, fragen bei allen Verwandten und Bekannten nach. Das war bei mir
auch so."

Malte zeigte sich überrascht. „Warst du schon mal vermißt?"

„Nee, ich nicht. Eine Bekannte von mir war weg", antwortete Gerwin
Schmöck langsam und bedächtig.

Der verdeckte Polizist wollte den Bogen nicht überspannen. Seine Ziel-- person sollte keinen Verdacht schöpfen. Magens wechselte das Thema. „Ich habe in den nächsten Tagen eine interessante Tour für dich. Wenn du einverstanden bist, dann bereite ich das vor. So zwei, drei Tage noch, dann geht's los." „Warum so förmlich?" Schmöck war verwundert. „Warum sollte ich nicht einverstanden sein?" „Weil, weil, na, du weißt schon. Die Sache mit Sonja." „Da hab' ich doch nichts mit zu tun. Wenn man mich fragt, ich weiß von nichts. Und schweigen kann ich wie ein Grab." Diese Worte klangen überheblich, urteilte der verdeckte Polizist und spürte aus der Erkenntnis eine zusätzliche Motivation.

*

Ganz leise und zaghaft klopfte es an der Tür des Chefzimmers. Christian Landau nahm es fast nicht wahr. Er war ganz vertieft in die hoch-interessanten Kontaktberichte, die Malte Magens meistens in der Nacht diktierte und über seinen Chef Harald Vossen dem 1. Kommissariat zuleitete.
Erst beim zweiten Klopfen reagierte er. „Herein!"
Die Tür öffnete sich langsam, und Landau traute seinen Augen nicht. Er erhob sich von seinem Platz „Kommen sie herein Herr Petersen. Sie auch Frau Petersen."
Die Besucher kamen zögernd näher. Ihre Unsicherheit war deutlich zu spüren. „Bitte nehmen sie doch Platz", forderte der Kripo-Beamte die Großeltern von Marianne auf und wies auf die beiden Sessel neben seinem Schreibtisch.
Unbeholfen blieben die beiden alten Leute jedoch stehen, und Georg Petersen stammelte: „Herr Landau, wir, wir wollten uns für neulich entschuldigen. Das war nicht gut, wie ich mich da benommen habe." In beiden Händen hielt Georg Petersen ein größeres Paket. Er streckte das Paket in Richtung des Beamten. „Hier, das sind ein paar Pfund Kaffee, die sind für Sie und Ihre Kollegen."
Landau merkte, wie schwer Petersen diese Worte über die Lippen kamen.

Nochmal zeigte er auf die beiden Sessel, und die Großeltern folgten jetzt der Aufforderung. Der Beamte nahm die Kaffeepackungen entgegen und wußte, dass er soeben gegen einen wichtigen Erlaß verstoßen hatte. Die Annahme von Geschenken ist darin bis ins Kleinste genau geregelt und bis auf wenige Ausnahmen untersagt.

Wie reagiert ein Polizist aber in einer solchen emotional stark vorbelasteten Situation? Sollte er förmlich werden und diesen Kaffee mit dem Hinweis auf den Erlaß zurückweisen, quasi ein Versöhnungsangebot ausschlagen. Landau nahm das Paket und bedankte sich.

Er sagte dem Ehepaar Petersen nicht, dass er die Kaffeepakete sehr wahrscheinlich Ida Bohn mitgeben würde.

Ida Bohn war seit Jahren für die Sauberkeit im 1. Kommissariat verantwortlich, und sie hatte noch eine zweite Putzstelle im Alten-und Pflegeheim von Klosterhausen. Dort würde die Kaffeespende letztlich landen.

„Sie müssen sich nicht entschuldigen", begann Landau das Gespräch. „Ich kann die Reaktion verstehen, weil sie einer großen Hilflosigkeit entspringt und man so gar nichts tun kann."

Georg Petersen und seine Frau Annegret nickten zustimmend. Die Großmutter führte aus „Das ist es ja. Wir können nichts tun. Wir warten, und warten. Der Tag beginnt mit den Gedanken an unsere Enkelin, der Tag verläuft und endet damit. Nicht anderes interessiert uns, nichts macht mehr Freude. Das Leben hat überhaupt keinen Sinn. Ach, Herr Landau, unsere Marianne war der Mittelpunkt in unserem Leben. Als sie klein war, besuchte sie uns oft. Unsere Schwiegertochter mußte im Krankenhaus arbeiten. Unser Sohn war ja verunglückt. Damals wohnten wir auch nicht so weit weg, wir lebten in Pinneberg."

Es sprudelte nur so aus Annegret Petersen heraus. Landau ließ sie reden. Er wußte, dass es ihr gut tat, die Gedanken, die sie nun schon wochenlang beschäftigten und belasteten, zu formulieren und zu erzählen. So erfuhr der Ermittler erneut Einzelheiten aus dem Leben der Vermißten. Diesmal aus Sicht der Großeltern. Sie zeichneten ein Bild ihrer Enkelin, das gespickt war von den vielen kleinen und großen Freuden, die Marianne ihren Groß-eltern gemacht hatte. Es waren die gemeinsamen Besuche in Hagenbeck's Tierpark, die wunderbaren Ferien mit Hund und Enkelin, der erste

Liebeskummer des Mädchens und alles, was ein junger Mensch seiner Oma und seinem Opa anvertraut und miterleben läßt. Die Erzählung von Annegret Petersen wurde nur ganz wenige Male von Ergänzungen des Großvaters unterbrochen. Die Erinnerungen vervollständigten für Landau das, was er von den anderen Menschen, die im Leben der Vermißten eine wichtige Rolle gespielt haben, erfahren hatte. Landau wußte danach einmal mehr, wie groß seine Verantwortung und die seiner Kollegen in diesem Fall war.

„Ich wiederhole mich, das weiß ich. Aber wir wollen alles Erdenkliche tun, um das Schicksal von Marianne zu klären", sagte Christian Landau zum Abschied. Die Großeltern glaubten es ihm.

*

Gut gelaunt erschien Harald Vossen. Während Landau noch über den Besuch der Petersens sinnierte, überbrachte Vossen ihm die Meldung, auf die das gesamte 1. Kommissariat seit Tagen wartete. Lukas Grote hatte schon vor zwei Tagen wieder einen Anfall von Resignation gezeigt, und beinahe wäre es zwischen ihm und Martina Bell zu einem ernsthaften Zerwürfnis gekommen. „Wir müssen Geduld haben", war die von ihr verbreitete Devise gewesen, nachdem Grote lauthals verkündet hatte, die Aktivitäten des verdeckten Beamten seien wegen der ausbleibenden Kontakte zum Verdächtigen zum Scheitern verurteilt. Bis auf Grote selbst schlossen sich die übrigen Mitarbeiter von Christian Landau dem Optimismus von Martina Bell an.

„Schmöck hat sich wieder eingefunden", war die Nachricht, die Vossen schon in der Tür von sich gab. Er verzichtete sogar auf die meistens von ihm sehr markant zu jeder Tages- und Nachtzeit vorgetragenen Begrüßung „Moin! Moin!". Ein Zeichen, dass auch er unter Druck gestanden hatte.

„Donnerwetter!" entfuhr es dem Kommissariatsleiter. Er spürte in sich eine positive Erregung. Es war die Gewißheit, in dem Fall weiter zu kommen. Es war auch die Angriffslust, die ein Ermittler fühlt, wenn er dem Verdächtigen näher kommt. Bald würde es soweit sein, hoffte Landau und hörte sich mit seinen ebenfalls aufmerksam gewordenen und in sein Büro geeilten Kollegen den Bericht Vossen's an.

In dem Gesicht von Lukas Grote verschwanden die skeptischen Züge. Auch er zeigte sich zuversichtlich und artikulierte dies. „Es müßte beim nächsten Kontakt zwischen Schmöck und Malte etwas geschehen, was die beiden dichter zusammenbringt."

„Was könnte das denn sein?" fragte Martina Bell. Man konnte ihr ansehen, wie sie ihre Gedanken marterte, um die Idee von Grote aufzunehmen.

Harald Vossen blieb ganz gelassen. Souverän orakelte er in einer Art und Weise, die einen Hauch von Hochmut vermuten lassen könnte, wenn die Landau-Truppe ihn nicht so gut gekannt hätte. „Laßt man, wir von den Geheimen, wir haben da schon unsere Tricks."

20.

Pünktlich war er zur Stelle gewesen. Überpünktlich fast. Aber Malte Magens war es nur recht, wenn Schmöck sich an die Abmachungen hielt. So war der Polizist bereits reisefertig gewesen, als sein Kurierfahrer zehn Minuten vor der vereinbarten Uhrzeit bei ihm vor dem Geschäft in Elmshorn erschienen war. Schmöck war zwar erstaunt, dass Magens ihn begleiten wollte, denn davon hatte er nichts gesagt. Magens begründete ihm seine Begleitung damit, dass der Lieferant von Deko-Waffen darauf bestanden habe, das Geschäft persönlich mit ihm abzuwickeln. Gut eine Stunde waren sie jetzt auf der A 7 in Richtung Süden unterwegs. Vor dem Elbtunnel hatte es bereits morgens um halb sieben einen kleinen Stau gegeben, und die fluchenden Ausdrücke von Malte über diesen Umstand waren so ungefähr die einzigen Worte, die er bis dahin mit seinem Fahrer wechselte. In Höhe der Ausfahrt Soltau-Süd wollte Schmöck es dann aber doch wissen. „Wohin geht die Tour eigentlich?" Magens tat überrascht. „Oh, hab' ich dir das nicht erzählt? Ich dachte, dass ich davon geredet habe."

„Nö, hast du nicht." Schmöck hörte sich eingeschnappt an.

„Mein Lieferant ist in Göttingen. Da fahren wir hin."

„Göttingen, schön. Da war ich lange nicht mehr."

„Ja, Göttingen ist eine interessante Stadt. Wir fahren direkt in die Innenstadt. In der Geismarstraße hat mein Lieferant sein Lager auf einem Hinterhof."

Schmöck nahm die Information zur Kenntnis und lenkte seinen Fiat-Dukato mit zügigem Tempo.

In den folgenden zehn Minuten schwieg er. Dann wechselte er das Thema. „Sag' mal, wie sieht's aus mit unserem anderen Geschäft?"

Magens spielte den Unwissenden. „Welches andere Geschäft?"

„Na, wir haben uns doch kürzlich über die guten Verdienstmöglichkeiten im Nachtleben unterhalten", verhalf Schmöck seinen Beifahrer vermeintlich auf die Sprünge.

„Ach so, das meinst du", erwiderte Magens, „darüber hab' ich intensiv nachgedacht."

„Und? Was ist dabei herausgekommen?" Es wurmte Schmöck, dass er Malte jedes einzelne Wort aus der Nase ziehen mußte."

„Also, einen Puff mach' ich jetzt nicht auf", sagte Magens. Er wußte, dass ein solches Unterfangen sehr schnell in Bereiche führen würde, die ihm als Beamter konkrete Grenzen aufgezeigt hätten. Das so gut begonnene Spiel mit dem Verdächtigen würde sehr schnell zu Ende sein, sein müssen.

„Wieso das denn nicht?" wollte Schmöck wissen. Er hatte sich schon vorgestellt, als Hintermann eines solches Etablissements einerseits seine finanziellen Sorgen schnell vergessen zu können und andererseits auch in sexueller Hinsicht gut auf seine Kosten zu kommen. Irgendwie war er enttäuscht.

„Willst du denn mitmachen?" fragte Magens und wußte, dass er den Verdächtigen köderte.

„Kann ich mir vorstellen", meinte Schmöck. Dann sah er abschätzend auf seinen momentanen Arbeitgeber. „Aber wenn du nicht willst, dann wird es nichts. Ich hab' davon keine Ahnung."

„So mein' ich es nicht. Ich finde nur, dass ich aufpassen muß wegen Sonja. Da könnten die Bullen auf den Dreh kommen, ich hätte noch was mir ihr zu tun. Und dann denken die wahrscheinlich, dass ich was mit ihrem Verschwinden zu tun hab'."

„Aber was soll man denn sonst machen, wenn ein Puff für dich zu gefährlich wird?"

„Also, ich hab' mir meine Gedanken gemacht. So ein privates Ding ist viel unscheinbarer."

„Was verstehst du unter einem privaten Ding?" Schmöck war wirklich ahnungslos, was die Möglichkeiten des Geldverdienens im Nachtleben anging.

„Private Zimmervermietung, Mensch", belehrte ihn Malte. „Wir stellen die Zimmer zur Verfügung, die Mädels haben ihren Arbeitsplatz und zahlen uns nur für die Zimmer."

„Das ist gut! Das gefällt mir!" Gerwin Schmöck schwärmte und stellte sich vor, wie er ohne größere Anstrengung ein gutes Auskommen haben würde.

„Das will gut vorbereitet sein", erklärte der verdeckte Ermittler und erhob mahnend den rechten Zeigefinger. Er war froh, dass Schmöck seine Idee aufgenommen hatte. Das hieß, er würde in den nächsten Wochen die Anzahl der Begegnungen mit Schmöck erheblich steigern können, ohne dass dieser Zweifel an der tatsächlichen Realisierung des Planes hegen könnte.

„Was gibt's denn da viel vorzubereiten?" brummte Schmöck. Sein Blick fiel auf den Vorwegweiser zum Autobahnkreuz Hannover Ost. Hier gab es die Möglichkeit, die A7 zu verlassen, um auf der A2 nach Berlin zu fahren. Den Hinweis auf Berlin verband Schmöck mit allem, was die neu geborene Geschäftsidee seiner Vorstellung nach benötigte. „Mann, die Mädels kriegen wir scharenweise in Berlin. Was gibt's da groß vorzubereiten?" wiederholte er seine Frage.

„Also, wir fahren nach Berlin, laden uns dort das Auto voll mit Ost-Mädchen, die für uns anschaffen sollen und damit hat sich's?" resümierte Malte Magens die von ihm vermuteten Gedanken des Gerwin Schmöck. Dann kommentierte er diese Gedanken gleich. „Genauso stellt Klein-Fritzchen sich das vor. Und dann wundert er sich, wenn er von einem Russen-Luden was an die Ohren kriegt."

„Wie sollen wir das denn sonst anstellen? Erzähl' doch, wenn du es besser weißt." Schmöck wirkte bockig.

„Nun mal sachte", sagte Malte versöhnlich. Er wollte es nicht mit seinem neuen Partner verderben. „Ich hab' da einen guten Kontaktmann in Lübeck. Der wird uns mit Sicherheit verraten, wie wir ohne Ärger mit den Mädchen ins Geschäft kommen."

„Was ist das denn für ein Kontaktmann?"

„Klauspeter Dinkrade heißt der Mann, genannt KPD. Er war vor etlichen Jahren mal mit dem Hamburger Jan zusammen. Die beiden waren ganz dicke Freunde. Wegen einer Frau haben sie sich dann aber verkracht, und jeder machte sein eigenes Ding."

„Und dieser KPD kennt sich aus im Milieu?"

„Du wirst es sehen", versicherte Malte, „keiner kennt sich so aus wie der. Ich bin immer gut mit ihm ausgekommen. Der wird uns gute Tipps geben können."

Gegen halb zehn rollte der weiße Transporter auf einen sehr engen Hinterhof in der Göttinger Geismarstraße. Wie das zur Geschäftsstraße hin gelegene Wohnhaus war auch das auf dem Hof befindliche Lager ein Fachwerkbau. Die große, hölzerne Doppeltür des Lagers war angelehnt, als Schmöck den Motor seines Lieferwagens abstellte. Die Lagertür wurde langsam von innen geöffnet, und als der etwa 40 Jahre alte Mann im roten Jogginganzug in der Tür zu sehen war, da passierte es.

Mit zügiger Fahrt fuhren mehrere Polizeiwagen auf den Hof, drei bewaffnete Beamte sprangen auf den Mann in Rot zu, zwangen ihn zu Boden und legten ihm Handfesseln auf dem Rücken an.

Überrascht beobachteten Schmöck und Magens die Szene und registrierten gar nicht so schnell, wie ihre Fahrer- und Beifahrertüren von ebenfalls bewaffneten Polizisten aufgerissen wurden. „Polizei! Nehmen sie die Hände hoch und steigen sie aus!" Die Waffen in den Händen der Beamten waren auf die beiden Insassen gerichtet, die sich unverzüglich der laut und deutlich ausgesprochenen Aufforderung fügten.

„Hände an die Frontscheibe", war das nächste Kommando, dem beide ebenso folgten. Sowohl Schmöck als auch Magens wurde unverzüglich nach Waffen durchsucht, als sie ihre erhobenen Hände gegen die Scheibe lehnten.

„Was soll das alles?" Malte Magens war es, der sich lautstark gegen die Behandlung der Polizisten auflehnte. „Wir haben nichts gemacht, also was soll das?"

„Sie kommen mit zur Dienststelle, dann sehen wir weiter."

Magens hörte nicht auf. „Warum zur Dienststelle. Sind wir festgenommen? Was sollen wir denn gemacht haben?"

„Reden sie hier keine Arien", war die schroffe Antwort eines Beamten in Zivil. „Sie kommen mit, und damit basta."

„Das wird Ärger geben", protestierte der verdeckte Ermittler und setzte noch eins drauf. „Ihre Karriere können sie an den Nagel hängen. Mein Anwalt macht sie fertig."

„Nun mal ruhig Blut", erwiderte der Zivile und ging näher auf Magens zu, der immer noch wie Schmöck auch mit erhobenen Händen gegen die Transporterfront lehnte. Im rechten Augenwinkel konnte Malte sehen, wie der Mann im roten Jogginganzug in einen Polizeibus gestoßen wurde. Leise flüsterte der Zivilbeamte: „Schon mal was von Geschäften mit illegalen Waffen gehört? Sie sind Herr Magens nicht wahr?"

Der nickte und hörte von dem Mann, der offensichtlich hier Einsatzleiter war, den nächsten Auftrag. „Fesseln und dann ab zur Vernehmung auf die Dienststelle."

Verdutzt sah Gerwin Schmöck, wie seinem Partner in spe die Hände auf dem Rücken gefesselt wurden. Noch mehr wunderte es ihn, dass Magens mitgenommen wurde, er selbst aber nach kurzer Personalienfeststellung mit seinem Transporter vom Hof fahren konnte.

*

„Super, Harald, echt super."

Christian Landau lobte den Chef von Malte Magens beim nächsten Zusammentreffen in seinem Büro.

„Ja, das stimmt", bestätigte Harald Vossen. „Es hat in Göttingen wirklich prima geklappt. Die Kollegen haben gut mitgespielt. Und Malte war Klasse."

„Aber wie ist unser Mann denn aus der Nummer wieder herausgekommen. Schmöck mußte doch annehmen, dass sein Partner ins Gefängnis kommt."

„Richtig. So war es auch. Schmöck war überrascht, als Magens sich am folgenden Tag bei ihm telefonisch meldete und sagte, dass er stundenlang von den Göttinger Vernehmungsbeamten geknechtet worden sei aber letztlich freigelassen werden mußte, weil er mit illegalen Waffen nichts zu tun hatte."

„Und der Lieferant? Was ist angeblich mit dem gewesen?"

„Malte hat unserer Zielperson überzeugend erklärt, dass der Typ gegen eine hohe Kaution auf freien Fuß gesetzt worden sein soll. Mit dem Mann wolle Magens nun nicht mehr handeln, das wäre ihm alles viel zu heiß." „Dann war die Aktion in Göttingen also eine echte vertrauensbildende Maßnahme, um Malte noch glaubwürdiger aussehen zu lassen", resümierte Christian Landau. „Genau", bestätigte Vossen, „ und die nächste folgt schon bald."

21.

Zwei Tage später waren sie wieder unterwegs. Es sollte die Vorbereitung für die neue Geschäftsidee sein. Malte hatte den Besuch bei Dinkrade vorgeschlagen, und Gerwin war Feuer und Flamme. „Das kann wirklich nicht schaden, wenn der Typ uns berät. Geld will er doch nicht dafür, oder?" Er lenkte seinen Dukato gerade durch den dichten Straßenverkehr in Bad Segeberg an dem großen Möbelhaus vorbei. Nach zwei Ampeln war der Verkehr wieder normal, die meisten Autofahrer bogen nämlich auf den Großparkplatz des Möbelhauses mit dem kurzen Namen ein. Die restlichen knapp vierzig Kilometer bis nach Timmendorfer Strand waren in kaum einer halben Stunde geschafft. Jetzt in den letzten Wochen des Jahres war der Weg an die Ostsee eine Kleinigkeit. Auch im Zentrum Timmendorfs war ein Parkplatz für den Transporter schnell in der Nähe des Cafes gefunden, in dem Klauspeter Dinkrade verabredungsgemäß wartete. KPD war ein Hüne. Gut zwei Meter groß und so muskelbepackt, dass sich jeder Normalsterbliche nur keinen Streit und schon gar keine körperliche Auseinandersetzung mit ihm wünschte. Seine schwarze Lederkluft, das hinten zu einem Zopf zusammengebundene dunkelbraune Haar, der dichte Dreitagebart und die trotz der spärlichen Beleuchtung in dem Cafe wie in das Gesicht gewachsene Sonnenbrille vervollständigten jedem das Bild des Mannes, der im Milieu mit Sicherheit eine Rolle spielen dürfte. So jedenfalls in der Vorstellung von Gerwin Schmöck. KPD hob lässig die linke Hand, als die beiden Gäste das Cafe betraten. Magens und Schmöck näherten sich. „Na, altes Haus, was macht das Organisierte Verbrechen?" KPD griente wegen der originellen Ansprache, konnte aber geschickt wechseln. „Und? Was machen die Mafia-Bosse?"

Schmöck war irritiert von diesen Sprüchen. Seine Gesichtszüge verrieten es. Noch ehe er sich mit Magens an den Tisch setzte, fragte KPD mit seiner sonoren Stimme: „Was ist das denn für einer? Den hab' ich ja noch nie gesehen."

Magens stellte seinen Partner vor. „Wir beide haben was vor, so mit den Mädchen, verstehst du?"

„Und was soll ich dabei?" KPD stellte sich unwissend.

„Wir brauchen da ein paar Tipps", stellte Magens klar.

„Tipps? Von mir? Mann, da muß ich dir doch nichts erzählen, der Hamburger Jan hat dir doch genug beigebracht." Der Tonfall war auffallend schnippisch, als KPD den Hamburger Jan ansprach.

„Der Hamburger Jan ist für Jahre auf Nummer sicher, das weißt du doch. Da läuft gar nichts mehr."

„Und was ist mit seiner Madame, dieser Sonja, was ist mit der?"

Magens antwortete unsicher. „Die hab' ich lange nicht gesehen."

Dinkrade schüttelte langsam den Kopf. „Das hab' ich aber anders gehört. Die war zuletzt mit dir verabredet, danach ist sie nicht wieder aufgetaucht."

Magens schluckte trocken. „Wer sagt sowas?"

„Da wird so einiges gemunkelt, Mann."

Schmöcks Blicke wanderten bei diesem Gepräch von einem zum anderen. Erst als die hübsche rothaarige Bedienung in ihrem extrem figurbetonten kurzen schwarzen Kleid am Tisch erschien, wandte er sich ihr zu. „Zwei Cola", sagte Schmöck und drehte sich zu Dinkrade. „Auch eine?" Schmöck war sich unsicher, ob er KPD duzen oder siezen sollte.

KPD ignorierte die Frage und rührte mit einem Löffel in seinem schwarzen Kaffee. Er sah Malte wieder an, als die Bedienung wieder zum Tresen ging. „Na, was ist mit Sonja?"

„Nichts, was soll schon sein?" stotterte der verdeckte Ermittler.

„Die verschwindet doch nicht von alleine", bohrte KPD weiter. „Können wir zum Thema kommen?" wollte Magens wissen. Auch Schmöck war dafür und nickte kräftig.

„Merkwürdig", meinte KPD und schob seine Unterlippe hoch, „aber vielleicht redest du ja später mal drüber. Also zum Thema. Ihr möchtet den privaten Geschäftszweig fördern. An mir soll's nicht liegen. Wenn ihr soweit seid, dann sagt Bescheid."

„Was heißt das, wenn wir soweit sind?" fragte Magens und zeigte sich
unwissend. Schmöck hatte den gleichen fragenden Ausdruck im Gesicht.
„Wenn ihr eine geeignete Arbeitswohnung für die Mädchen habt, zum
Beispiel", belehrte KPD seine Gesprächspartner.
„Und was verstehst du unter geeignet?" hakte Magens mit wichtigem
Gesicht nach und beugte sich mit dem Oberkörper zu dem Milieu-Mann.
Auch Schmöck hatte davon keine genaue Vorstellung und unterstrich mit
einem Kopfnicken, dass er Aufklärung wünschte.
„Da wäre ein anonymer Wohnblock gut geeignet. Also so ein Block, in
dem keiner auf seinen Nachbarn aufpaßt."
„Ich verstehe", sagte Schmöck, „wenn dort jeder jeden kennt, dann schadet
es dem Geschäft."
Klauspeter Dinkrade reagierte freundlich auf den Einwurf. „Gut, Mann,
genau. Und noch etwas ist wichtig." Schmöck und Magens erwarteten
interessiert den nächsten Hinweis. KPD ließ beide ein wenig zappeln und
erklärte dann mit oberlehrerhaftem Ton: „Kinder sollten nicht in der Nähe
sein. Also keine Schule oder ein Kinderspielplatz in der Nachbarschaft.
Das gibt mit Sicherheit Probleme durch die Behörden. Darüber hinaus ist
ein abgelegener Parkplatz auch von Vorteil. Wenn der Papi nämlich in der
Mittagspause schnell mal sein Vergnügen haben will, dann sollte er sein
Auto unerkannt abstellen können."
„Das klingt einleuchtend", fand Malte Magens, „aber in einer kleinen Stadt
wie Klosterhausen ist das nicht ganz so einfach." Er nannte Klosterhausen,
weil Schmöck dort wohnte.
„In Klosterhausen ist ein Privat-Puff sowieso nicht das Gelbe vom Ei",
entgegnete KPD. „Ich würde mir einen größeren Ort aussuchen. Da sind
die Bedingungen günstiger."
„Woran denkst du?" wollte Magens wissen.
„Na, Elmshorn ist doch schon gut. Da sind in der Nähe der Hamburger
Straße einige Wohnblocks, die geeignet wären. Oder Pinneberg wäre auch
nicht schlecht, da an der S-Bahnstation Thesdorf stehen einige Hochhäuser.
Sowas ist richtig gut für's horizontale Geschäft."
„Und, und", drängelte Gerwin Schmöck. Er kam seiner Meinung nach zur
Hauptsache der Milieuinstruktionen. „Wie kommen wir an die Mädchen?
Wie machen wir das?"

„Ich hab' doch gesagt, dass ihr Bescheid sagen sollt, wenn es soweit ist", knurrte Dinkrade. Der bedrohliche Tonfall verriet Gerwin Schmöck, dass er sich in Geduld fassen mußte.

*

Es dauerte keine zehn Minuten, bis Schmöck auf der Rückfahrt gezielt nachfragte. „Haben die Bullen dich wegen dieser Sonja auf dem Zettel?" Malte zeigte sich überrascht. „Wie kommst du darauf? Ich hatte zuletzt in Göttingen das zweifelhafte Vergnügen, mit den Kripo-Schnüfflern zu reden. Dabei ging es aber nur um die Waffen. Von Sonja hat niemand ein Sterbenswörtchen rausgelassen."
„Und was machst du, wenn die nachfragen?" Schmöck sah skeptisch zu seinem Beifahrer.
„Warum sollten die nachfragen?"
„Na, dieser KPD weiß doch auch, wo Sonja zuletzt gewesen ist. Wenn das einer den Bullen steckt, dann sind die doch sofort bei dir, und wir haben den Schlamassel."
„Die müssen mir erst mal was beweisen können." Die Worte des verdeckten Ermittlers wirkten trotzig.
„Hast du 'ne Ahnung, was die alles können. Die haben Sachen drauf, das glaubst du nicht. Aus dem Nichts zaubern die Typen Beweise, und du bist dran. Ich wäre vor ein paar Wochen auch bald dran gewesen." Erst nachdem Schmöck diesen Satz zu Ende gesprochen hatte, bemerkte er erschrocken, dass er diese Worte gar nicht aussprechen wollte. Unruhig räusperte er sich. Verwundert sah Magens ihn an. „Sag' mal, war das etwa die Geschichte, die du neulich erwähnt hast?"
Schmöck schwieg.
„Ey, Mann", bohrte Magens nach, „hast du etwa auch ein Geheimnis, das so ähnlich ist wie meins?"
„Kann schon sein", antwortete Schmöck knapp. Er ärgerte sich über seine unbedachten Worte. Magens ließ nicht locker.
„Mann, stell' dich nicht so an. Hast du vielleicht Schiß, dass ich dich verpfeifen könnte?"
Schmöck sagte nichts und blickte stur auf die Fahrbahn vor sich. „Da wär'

ich ja wohl richtig blöd', wenn ich das täte", setzte der Polizist seine Ansprache fort. „Du hast mich mit meiner Sache in der Hand, verstehst du?"

Das leuchtete Gerwin Schmöck ein. Vorsichtig wählte er seine Worte. „Ich soll eine Bekannte von mir um die Ecke gebracht haben. Das sagen jedenfalls die Bullen, und deshalb haben sie mir jede Menge Schwierigkeiten gemacht."

„Was denn?" Behutsam wollte Magens seinem Geschäftspartner in spe dessen Geheimnisse entlocken.

„Die haben meine ganze Bude durchsucht, mein Auto. Sie haben meine Klamotten untersucht und mir jede Menge unangenehme Fragen gestellt."

„Warum denn?"

„Na, ich soll zuletzt mit ihr zusammen gewesen sein. Dann war sie weg. Niemand hat sie danach noch gesehen."

Obwohl Schmöck stur geradeaus blickte, konnte Magens das Flackern in den Augen des Verdächtigen sehen. Für den psychologisch geschulten Beamten ein untrügliches Zeichen, dass seine Zielperson emotional in Bedrängnis war. Magens setzte alles auf eine Karte. „Und, wo hast du sie gelassen?"

Unerwartet konterte Schmöck: „Und wo hast du deine?"

Auf diese Gegenfrage war Malte Magens in der Situation nicht vorbereitet. Er zögerte mit seiner Antwort und wurde dadurch noch glaubwürdiger. „Die, die ist noch nicht ganz weg. Die hab' ich erstmal zwischengelagert."

Schmöck zeigte sich irritiert. „Wie zwischengelagert?"

„Die hab' ich in Plastiksäcke gestopft und erstmal im Wald verbuddelt bis ich weiß, wohin damit."

Schmöck schüttelte den Kopf. „Bist du denn verrückt, wenn die gefunden wird, dann bist du dran. Was glaubst du, was man an einer Leiche alles feststellen kann."

„Doch, kann ich mir denken, aber laß' erstmal den Vollmond vorbei sein, dann schmeiß ich die Säcke bei einsetzendem Niedrigwasser in die Elbe und weg ist sie. Für immer."

„Für immer? Das meinst du", belehrte ihn Schmöck. „Deine Tante taucht irgendwo wieder auf, und die Bullen haben dich."

Nun schwieg Magens. Und Schmöck kostete es aus, seinem zukünftigen

Geschäftspartner überlegen zu sein. Drei, vier Minuten sagte auch er nichts, dann stieg er wieder ein in das Thema. „Die muß, die muß ganz verschwinden."

Magens blickte ihn fragend an. Noch immer sagte er nichts.

„Du", wiederholte Schmöck, „die muß ganz weg, verstehst du?" „Aber wie?" Diese Worte des Polizisten klangen echt verzweifelt. Die nächste Frage sollte Klarheit für das Schicksal von Marianne Petersen bringen. „Was hast du denn gemacht?"

*

„Meine Güte ist das spannend!" Martina Bell war die erste, die sich beim Abspielen des Tonbandes zu Wort meldete. Harald Vossen hatte das Band unmittelbar nach Ankunft seines verdeckten Ermittlers in Elmshorn ins 1. Kommissariat nach Klosterhausen gebracht. Die Tonqualität der Überwachungsaufnahmen aus dem Fiat-Transporter war bemerkenswert gut, obwohl Schmöcks Auto einen Dieselmotor hatte, der an sich schon für erhebliche Geräuschpegel im Fahrzeuginneren sorgte. Doch die Techniker in Vossens Truppe hatte ganze Arbeit geleistet und das Mini-Mikrofon unauffällig so optimal platziert, dass die Dieseltöne absolut in den Hintergrund gerieten und der interessante Dialog problemlos aufgezeichnet werden konnte.

„Ja", bemerkte Christian Landau euphorisch, „die beiden haben das richtige Thema zu fassen."

Lukas Grote analysierte das soeben Gehörte. „Eine ganz wichtige sichere Erkenntnis haben wir jetzt schon." Er blickte in die Runde der Kollegen und wartete einige Augenblicke. Dann fuhr er fort. „Wir müssen keinen anderen Täter suchen. Der Schmöck, der war's."

Ausgerechnet Lukas, dachte Christian Landau, ausgerechnet Lukas kommt zu diesem Schluß. Landau war zufrieden, dass Grote seine kritische Position aufgegeben hatte. Selbst die anschließende Bemerkung von Martina Bell änderte nichts an dem Optimismus, den Grote offen zur Schau trug.

„Für mich gab es sowieso keinen anderen Täter."

„So ganz eindeutig ist das aber nicht, was der Schmöck von sich gegeben hat", fand Claudia Kaufmann und fuhr mit ihrem Gedanken fort. „Auf die Frage, was er denn mit der Leiche gemacht hat, antwortet er doch ausweichend, er gibt keine klare Antwort."

„Ich finde, dass die Antwort deutlich ist." Christian Landau wollte die Zuversicht nicht stören. „Schmöck sagte doch ganz klar zur unserem Mann, dass man nie etwas finden werde."

„Genau", folgerte Martina Bell, „und das kann man nur sagen, wenn man genau weiß, was passiert ist."

Claudia Kaufmann nickte zustimmend. „Das stimmt, das hab' ich so noch nicht gesehen, aber das stimmt. Der Kerl weiß genau, was er mit der armen Marianne gemacht hat."

„.... und auch, wo er sie gelassen hat", ergänzte Gerrit Nielsen. Dann wandte er sich an Harald Vossen. „Warum wissen wir jetzt eigentlich noch nicht, was genau passiert ist. Malte und Schmöck waren doch so schön am Plaudern. Was ist passiert?"

MEK-Mann Vossen wußte, was geschehen war. „Ihr glaubt es nicht, aber kurz hinter Bad Segeberg wurde das Auto der beiden von einem Blödmann sehr riskant überholt. Der Typ kam ins Schleudern, überschlug sich und blieb kopfüber auf einer Koppel liegen. Klar, dass die interessante Unterhaltung unterbrochen war. Schmöck und Magens haben Erste Hilfe geleistet. Auf der Weiterfahrt mochte Schmöck dann nicht mehr reden. Malte sagte mir später, dass die Kollegen, die den Unfall aufgenommen haben, wohl zuviel für unseren Verdächtigen waren."

22.

Der Eingang des fünfzehn Stockwerke hohen Hauses wirkte ungepflegt. Ebenso der Aufzug, der die beiden Hausbesucher langsam und ruckend in den achten Stock beförderten. Malte Magens blickte auf die sehr alten, offensichtlich mit Feuerzeugen angekokelten Steuerungsknöpfe in der Fahrstuhlkabine, und ein strenger Uringestank nährte die Gewißheit, dass ein unbekannter Fahrstuhlbenutzer sich ungebührlich benommen haben mußte. Dieses große Haus am Pinneberger S-Bahnhof Thesdorf war nichts für Leute, die empfindlich waren, aber wahrscheinlich genau richtig für das, was Schmöck und Magens als zukünftige Geschäftsidee ins Auge gefaßt hatten. Der Vermieter der Wohnung im achten Stock und Eigentümer von gut eintausend weiteren Wohnungen in Hamburg und Umgebung kümmerte sich offensichtlich nicht um den Zustand des Hochhauses in Pinneberg. Es war überhaupt kein Problem für Magens gewesen, den Schlüssel für die angebotene Wohnung im Verwaltungsbüro des privaten Eigentümers abzuholen. Die kettenrauchende Mittfünfzigerin im Büro hatte mit tiefer Stimme nur gekeucht „Wiedersehen macht Freude" und den Schlüssel ausgehändigt.

„Puh, hier muß aber noch einiges geschehen", kommentierte Magens den Zustand der Immobilie, als er und Schmöck den ersten Rundgang durch die Fünfzimmerwohnung gemacht hatten. „Aber von der Aufteilung ist die Bude hier ideal."

„Das finde ich auch", meinte Gerwin Schmöck. „Hier können wir fünf Mädchen arbeiten lassen. Das bringt richtig Kohle."

„Sachte, sachte", wiegelte Magens ab. „Zuerst muß die Hütte hier mal gecleant werden. Und von den fünf Zimmern können maximal drei als Arbeitsraum dienen."

Schmöck protestierte. „Du kennst wohl keine Privaten. Das sind meistens Einzimmerbuden. Und hier haben wir fünf Zimmer, also sollten da auch fünf Mädchen für uns anschaffen."

Magens wollte keinen Streit und schlug beschwichtigend vor: „Wir können es doch langsam angehen lassen. Die Mädchen sollten auch ein Zimmer für sich haben, und ein Raum wäre gut für die Kontaktgespräche. Damit der Freier sich entscheiden kann, mit welcher Dame er auf's Zimmer will. Wir sollten den wichtigen Geschäftsgrundsatz beachten, dass der Kunde gerne wiederkommt, wenn er gut behandelt wird und dass die Mädchen die Freier gut behandeln, wenn sie sich wohl fühlen."

Das leuchtete Schmöck ein. Er erklärte sich einverstanden. „Und was machen wir zuerst?"

„Aufräumen", sagte der verdeckte Ermittler, „wir müssen den Laden hier richtig schick machen, und dann hilft KPD weiter." „Wie hoch ist eigentlich die Miete?"

„Siebenhundert kalt", sagte Malte Magens, „für die Anschubfinanzierung fehlt mir seit Göttingen die Kohle. Hast du Geld?" Schmöck schüttelte den Kopf. „Nee, ich bin sozusagen blank. Aber warum hast du kein Geld mehr?"

„Weil die Bullen mir die Kohle abgenommen haben. Angeblich Geld aus illegalen Waffengeschäften. Es kann Monate dauern, bis ich mein Geld wiederkriege."

„Dann bist du mit den Bullen noch nicht durch?" fragte Schmöck vorsichtig und kam gleich noch zu dem wichtigen Thema. „Und was machst du jetzt mit Sonja?"

Magens zuckte mit den Achseln. „Weiß nicht, was meinst du?"

„Da gibt's mehrere Möglichkeiten."

„Wie meinst du das?" Magens stellte sich unwissend.

„Du könntest sie im Ausland verbuddeln, Holland oder so." Dieser Vorschlag war wenig überzeugend. Malte Magens sprang deshalb auch nicht an. „Das ändert überhaupt nichts an der Situation. Die Länder arbeiten so gut zusammen, da wissen die Schnüffler sofort, woran sie sind."

„Auflösen, in Säure auflösen. Es gab mal einen Mörder in Hamburg, der hat seine Opfer in Säurefässern aufgelöst."

„Die Geschichte kenn' ich", erwiderte Magens. „Das hat dem Kerl aber wenig geholfen, er wurde geschnappt und sitzt jetzt lebenslänglich, nee, das mit der Säure ist nicht gut."

Dann hilft eigentlich nur noch Verbrennen, vollständig verbrennen, so dass nur noch die Asche übrig bleibt."

Magens sah es wieder! Das Flackern in Schmöcks Augen. Das Zeichen, das Schmöck nicht steuern konnte. Der Hinweis, nach dem der verdeckte Ermittler dringend forschte. Hatte er ihn jetzt gefunden? Er wollte in dieser Phase nichts riskieren und fragte deshalb ganz behutsam nach: „Wo kann man denn eine Tote verbrennen, ohne dass es jemanden auffällt? Das ist doch schwierig, oder?"

„Das kann man. Da darf eben niemand in der Nähe sein. Und im dunklen Wald muß es sein. Und Nebel muß sein, viel Nebel." Magens überlegte. Nun durfte er überhaupt keinen Fehler machen. „Wie verbrennt denn ein Mensch vollständig?"

„Du hast doch bestimmt schon mal gesehen, wie die Buddhisten ihre Toten bestatten", antwortete Gerwin Schmöck und griente überlegen. „Das klappt bestimmt, glaub' mir, das klappt."

23.

Es ging gegen Mitternacht, aber im 1. Kommissariat wollte keiner nach Hause. Alle hörten gespannt, was Harald Vossen zu berichten hatte.

„Der Schmöck hat sein Opfer demnach gar nicht vergraben", folgerte Christian Landau aus dem Bericht des MEK-Mannes. „Das würde ich auch so sehen", meinte Vossen. „Malte Magens sagte mir, Schmöck sei sich sicher, dass da nichts übrig bleibt."

„Aber wir haben den Hinweis auf einen Wald", sagte Landau. „Einen dunklen Wald", ergänzte Martina Bell. „Und in der Nähe dürfen sich keine Menschen aufhalten, damit sie nicht auf das Feuer aufmerksam werden."

„Richtig Martina", sagte Christian Landau, „aber wo kann das sein? Wo müssen wir diesen Ort suchen?"

„Jedenfalls nicht weit weg von Elmshorn", rechnete Lukas Grote nüchtern vor. „Und es muß einen Grund für das nächtliche Autowaschen gegeben haben. Gerwin Schmöck fährt nicht kilometerweit durch die Nacht."

„Was haltet ihr vom Bansdorfer Wald?" Der Vorschlag kam von Martina Bell. Sie öffnete ihre Bereitschaftstasche, zog eine Kreiskarte hervor und breitete sie auf dem Besprechungstisch aus. Gerrit Nielsen verzog sein Gesicht. „Den haben wir doch ganz am Anfang im Visier gehabt. Das war doch mit das Erste." Martina wollte ihre Idee jedoch nicht so einfach verwerfen. „Das weiß ich auch. Und was ist mit dem Waldstück, das hinter dem Bansdorfer Moor liegt? Das Stück haben wir bei den Suchmaßnahmen bewußt ausgelassen, oder?"

„Das stimmt", sagte Gerrit Nielsen, „das Stück haben wir ausgelassen, weil man da so gut wie gar nicht hinkommen kann. Das Bansdorfer Moor versperrt doch die Zufahrt dahin."

„Aber wenn Schmöck sich die Mühe gemacht hat, den großen Umweg über Flethstedt zu nehmen?" Martina steckte die übrigen der Runde mit ihrem Hinweis an. Nur Gerrit Nielsen nicht. Der argumentierte dagegen. „Ich habe mit dem Hubschrauber auch den Wald hinter dem Bansdorfer Moor überflogen. Da war nichts. Die Wärmebildkamera hat dort nichts angezeigt. Wenn Marianne tatsächlich dort hingebracht worden wäre, dann hätte ich etwas bemerkt. Außerdem ist der Umweg wirklich so enorm, wenn man von Bansdorf aus in diesen kleinen Wald will."

„Das stimmt", fand Christian Landau. „Es ist aber auch richtig, dass wir von Marianne bisher noch nichts gefunden haben. Sie kann daher durchaus in dem kaum erreichbaren Waldstück sein. Wir werden uns das Stück auch vornehmen, aber das ist die Arbeit von morgen. Laßt uns jetzt nach Hause gehen, ich glaube, morgen ist der Tag der Entscheidung."

Noch bevor Landaus Mitarbeiter den Rat ihres Chefs befolgten, hatte Harald Vossen einen Handy-Anruf. Mozart's „Kleine Nachtmusik" war ihrendwie passend als Klingelzeichen für Vossen's Handy zu dieser Uhrzeit. Das Gesicht des MEK-Mannes sprach Bände, als er das Gespräch führte. Er sagte nur einen Satz. „Okay, dann mach' es so." Landau und seine Leute brannten vor Neugier, als Vossen das Gespräch beendete.

24.

Malte war aufgeregt. Hoffentlich merkte Schmöck ihm dies nicht an. Es war ein abenteuerliches Unternehmen, auf das Malte sich eingelassen hatte. Mit einem riskanten Schlußpunkt.
Nach der Wohnungsbesichtigung in Elmshorn hatten beide das Thema beim Wickel. Das Thema, auf das der verdeckte Beamte nun schon seit Wochen hingearbeitet hatte. Und Schmöck wollte gar nicht aufhören, seinen neuen Geschäftspartner auszufragen. Aber mehr, als dass Malte der Toten mit einem Fleischermesser Arme, Beine und den Kopf abgetrennt und die Leichenteile dann in stabilen Müllsäcken verpackt an einem nur ihm bekannten Ort versteckt hatte, um sie zu einem späteren Zeitpunkt endgültig verschwinden zu lassen, mehr durfte Schmöck nicht erfahren. „Du traust mir nicht", waren seine Worte gewesen, als Malte am Elmshorner Bahnhofsvorplatz Schmöcks Transporter verließ. „Vertrauen, was ist schon Vertrauen", so hatte Malte reagiert und war zu seiner Wohnung marschiert, ohne sich umzudrehen.

Zwei Stunden später erschien Schmöck überraschend. Er hatte einen Plan. „Du, wenn du willst, dann bin ich dir behilflich."
„Wobei?" Malte stellte sich dumm.
„Na, die Tote muß endgültig verschwinden."

„Und was hast du davon?"

„Mann, wir wollen zusammen ein Geschäft aufmachen!"

„Ja und?" Die Stimme des Beamten klang gereizt.

„Das Geschäft muß in Ruhe laufen. Wenn die Bullen bei dir rum-schnüffeln, dann läuft nichts mit unserem Privat-Puff."

Malte Magens zeigte sich gedrängt. Er tat so, als suche er einen Ausweg, um sich Schmöck nicht völlig offenbaren zu müssen. „Wie kann ich sicher sein, dass du mich nicht hängen läßt, wenn die Bullen kommen?"

Gerwin Schmöck schüttelte verständnislos seinen Kopf, und seine fettigen, strähnigen Haare rutschten auf seiner Stirn hin und her. „Wie du sicher sein kannst? Hab' ich dir doch erzählt, Mann. Wegen der Frau, die verschwunden ist, da haben die mich auf dem Kieker. Da kannst du Gift drauf nehmen, dass die Polizei nichts von mir zu wissen kriegt."

Magens lenkte ein. „Und wo soll ich meine Tote hinbringen?"

„Das zeig' ich dir morgen, okay?"

Nach diesem Gespräch war Schmöck wieder gegangen und Malte informierte seinen Chef. Und jetzt, an diesem Tag, an dem möglicherweise alles entschieden werden könnte, da war Malte auf sich allein gestellt. Harald Vossen hatte es so abgesegnet.

*

Gerwin Schmöck erschien morgens um neun. Vor dem Geschäft stellte er seinen Fiat-Transporter schräg in eine Parklücke, und bevor er den Laden betrat, beobachtete er einige Augenblicke die Umgebung. Malte Magens, der ihn bereits erwartete, kam ihm an der Tür entgegen.

„Na, wollen wir?"

Schmöck nickte.

Beide stiegen wortlos in den Wagen. Jeder merkte dem anderen die innere Anspannung an. Es dauerte, bis Malte sich an den Fahrer wandte. „Wie hast du dir das vorgestellt?"

*

„Sie fahren los", meldete Harald Vossen an Christian Landau, der mit seinen Leuten im 1. Kommissariat saß, jederzeit bereit, sofort zu starten, wenn Vossen das Signal geben würde.

Der MEK-Mann bekam in seinem getarnten und mit modernster Kommunikationstechnik vollgestopften Fahrzeug jedes Wort mit, das Schmöck und Magens wechselten.

Antje Wolmbach, genannt Queen, saß hinten im MEK-Auto und lauschte ebenfalls höchst gespannt, als Malte Magens den Verdächtigen fragte, wo die Tote denn ihre letzte Ruhe finden sollte.

Queen sah zu ihrem Chef Vossen und konnte sich den Gedanken nicht verkneifen, dass das abgehörte Gespräch eigentlich um ihre entgültige „Entsorgung" ging. „Ich bin sehr neugierig, was der Schmöck mit meiner Leiche vorhat", kommentierte sie die von der Zielperson aufgezeichneten Worte mit einem sarkastischen Unterton. Sie ballte die Faust und knurrte: „Warte nur."

„Schmöck will zuerst zur Leiche. Malte will aber erst sehen, wohin die Tote gebracht werden soll." Die Mitteilung von Harald Vossen hatte Landau befürchtet. „Da muß Malte sich durchsetzen", gab Landau das nächste Etappenziel vor, „sonst klappt das alles nicht."

„Klar doch", erklärte Vossen, „aber jetzt, jetzt fahren sie los. Wir bleiben mit langer Leine dran."

„Und? Wie haben die beiden sich geeinigt?" fragte Landau und merkte, dass sich die Spannung steigerte.

„Es sieht so aus, als hätte Malte sich durchgesetzt", antwortete Vossen, „jedenfalls besteht Gerwin Schmöck nicht darauf, dass beide zuerst zum angeblichen Versteck der Toten fahren."

„Das hört sich gut an", meinte Landau, „und in welche Richtung fahren sie jetzt?"

„Der Transporter fährt gerade in der Hamburger Straße hier in Elmshorn, und zwar Richtung Autobahn." Die Angaben von Vossen waren wie immer sehr präzise. Aus sicherer Entfernung zum Zielfahrzeug konnte er die Daten des GPS-Senders, der am Fiat des Verdächtigen heimlich angebracht worden war, auf dem Bildschirm seines Laptops visualiert in einer Straßenkarte in Form eines sich bewegenden Punktes verfolgen. „Ja, jetzt biegt er auf die A 23 in Richtung Norden. Wir bleiben dran."

Christian Landau war erleichtert. Die Arbeitshypothese könnte aufgehen. Martina Bell wurde deutlicher: „Wetten, dass die Fahrt in Richtung Bansdorfer Wald geht?" Ihre Stimme überschlug sich fast vor Aufregung. „Abwarten", beruhigte sie Landau, „der Countdown läuft."

Nach gut 15 Minuten gab Vossen eine neue Positionsmeldung, die die Nerven der Ermittler noch stärker strapazierte. „Der Fiat hat jetzt die Autobahnabfahrt bei Flethstedt verlassen und steht nun bei dem Pendlerparkplatz."

„Sieht gut aus", beurteilte Christian Landau die Lage. „Aber was passiert da auf dem Parkplatz? Warum stehen die da?"

„Die streiten sich. Aber hör dir das selbst an." Harald Vossen schaltete den Lautsprecher ein, und Landau konnte den Streit zwischen Schmöck und Magens mitverfolgen.

„Ich zeig dir nur, was du machen mußt, aber anfassen, das kommt gar nicht in Frage", protestierte Gerwin Schmöck.

„Du bist ja ein toller Partner", forderte ihn Malte heraus. „Erst erzählst du mir, was du alles organisieren kannst, und jetzt willst du kneifen. Feigling!"

„Ich bin kein Feigling, Mann, aber so 'ne Tote anzufassen, das kann ich nicht. Das ist so schlimm, nee, das mach' ich nicht."

Malte setzte alles auf eine Karte.

„Stell dich nicht so an. Was du einmal gemacht hast, das kannst du jetzt auch wieder tun."

Schmöck schluckte und atmete schwer. Er schwieg.

„Was ist, Feigling", reizte ihn Malte erneut. „Wo wollen wir die gute Sonja Kramer entsorgen?"

Schmöck sagte kein Wort.

War Malte Magens zu offensiv geworden?

Ahnte der Verdächtige plötzlich die Falle?

Ist die ganze Arbeit des verdeckten Ermittlers umsonst gewesen?

„Also gut, ich zeig' dir, wo sie ganz in Ruhe verbrennen kann", gab sich Schmöck einen Ruck. „Danach fahren wir weiter und holen deine tote Tante her. Alles klar?"

Malte merkte den Adrenalinschub. Jetzt gab es kein Umkehren mehr.

Schmöck ging geradewegs in die Falle. Aber etwas wollte Malte noch von ihm wissen. „Was mache ich, damit von der Toten wirklich nichts übrig bleibt? Also keine Knochen und keine Schuhsohlen?" Gerwin Schmöck war wieder in seinem Element. Er fühlte sich überlegen und genauso dozierte er jetzt. „Ach, da fahren wir nachher nochmal bei Kloppenburg vorbei und kaufen einige Buddeln Spiritus und 'n paar Pakete Kohleanzünder. Das ganze packen wir in einen Stoß Holz und fertig ist der Scheiterhaufen. Das brennt, du glaubst es nicht."
Malte blickte skeptisch zu Gerwin, der ganz merkwürdig in sich hinein grinste, so als freute er sich schon auf das Feuer. Ein diabolisches Grinsen. „Und du bist dir wirklich sicher, dass da nichts übrig bleibt?"
„Mann, ich weiß das. Ein Haufen Asche, mehr nicht."
„Und das Holz? Liegt es dort so rum oder müssen wir sammeln."
„Nee, sammeln müssen wir gar nichts. Das Stückchen Wald, in dem wir Feuer machen wollen, ist so gut wie gar nicht zugänglich. Nur die alte Spurbahn da vorn führt dahin. Vor Jahren müssen dort mal einige Leute Holz geschlagen und aufgestapelt haben. Sie haben es aber nie abgeholt. Die Holzstöße liegen verteilt in dem Wald. Sie sind sogar abgedeckt."
„Aber es fällt doch auf, wenn so ein Haufen brennt." Mit seinen naiv wirkenden Fragen lockte Malte nach und nach eine wichtige Information nach der anderen aus dem verschwiegenen Schmöck hervor.
„Du wirst sehen, jetzt im typisch nordeutschen Schmuddelwinterwetter ohne Schnee, da sieht man nichts. Gegen fünf ist es dunkel und Nebel haben wir jetzt schon. Glaub' mir, das merkt kein Mensch." Gerwin Schmöck versprühte Zuversicht. Er startete seinen Transporter und fuhr Richtung Spurbahn.
Er bemerkte das Fahrzeug nicht, das ihm mit großem Abstand folgte.

*

„Da vorn, der Holzstapel, der würde passen", entschied Gerwin Schmöck, als er fast zweihundert Meter weit in den dunklen Wald gefahren war. Der Rand des Waldes bestand aus einem cirka einhundertfünfzig Meter breiten Fichtengürtel, der eine verwilderte Schonung war. Danach kam Mischwald, oder besser ein sich selbst überlassener und in alle Richtungen und

Größen wuchernder dichter Baumbesatz, der sich bis zum großen Bansdorfer Moor hinzog. Der Weg, den Schmöck mit seinem Fiat befuhr, schlängelte sich zunächst durch die Fichtenschonung und war hier noch relativ fest, wurde jedoch nach und nach morastig, je näher das Moor kam. „Dann laß uns mal nachgucken", forderte Malte Magens und öffnete schon die Beifahrertür, während das Fahrzeug noch ausrollte. Malte mußte seine Nervosität überspielen. Jetzt in der Endphase seines Auftrags sollte nichts mehr schiefgehen. Zielstrebig ging Malte auf den mannshohen Holzstoß zu, schob die Abdeckplane zur Seite und faßte die zwanzig Zentimeter dicken und zwei Meter langen Buchenholzstücke an. „Das Zeug ist trocken", urteilte er.

„Und es wird gut brennen", versicherte Gerwin Schmöck. Auch er wollte gerade das Holz anfassen. Doch er zuckte zusammen, als er laut und deutlich von einer Frau angesprochen wurde.

„Halt! Polizei! Herr Schmöck, stehenbleiben und Hände hoch!"

Schmöck drehte sich um und traute seinen Augen nicht. Keine sieben Meter war sie entfernt, die Frau, deren Leiche eigentlich hier verbrannt werden sollte.

Antje ‚Queen' Wolmbach hielt ihre Sig-Sauer Dienstpistole in beiden Händen und zielte auf Schmöck. „Sie sind vorläufig festgenommen."

25.

Christian Landau war nur kurz von der Aufregung angesteckt worden, die sich nach der Festnahme des Tatverdächtigen im Wald hinter dem Bansdorfer Moor in seinem Kommissariat ausgebreitet hatte. Dann bat er Martina Bell und Gerrit Nielsen, zusammen mit dem Kriminaltechniker Hans Gerlach zum Festnahmeort zu fahren. „Wir müssen alles daran setzen, um die Stelle zu finden, an der Marianne Petersen verbrannt worden ist", erklärte der Kommissariatsleiter seinen Auftrag. „Diese Stelle dürfte nach allem, was wir bisher wissen, dort in der Nähe sein."

„Alles klar", quittierte Martina die Worte ihres Chefs. Gerrit Nielsen war genauso hoch motiviert wie seine Kollegin. Ihm war mittlerweile klar, dass man durch einen Hubschrauberüberflug nicht jede Auffälligkeit auf dem Boden und schon gar nicht im Wald entdecken kann. Und Wärmebildkameras haben wahrscheinlich auch nur begrenzte Möglichkeiten.

„Ich hätte mit dem Schmöck ganz gern noch ein paar Worte gewechselt", sagte Martina beim Verlassen des Büros und deutete an, dass ihr die Aufgabe, den Tatverdächtigen zu vernehmen, gut gefallen würde.

„Das wird wohl eher nichts", erläuterte Christian Landau und berichtet von seinem letzten Telefonat. „Die Festnahme ist wirklich gut gelaufen. Schmöck brauchte sehr lange, bis er realisierte, dass er in eine Falle gelaufen war. Als Queen alias Sonja Kremer ihn ansprach, soll er so geguckt haben, als komme ein Gespenst auf ihn zu. Erst als Harald Vossen ihm gemeinsam mit Malte Magens die Handfesseln anlegte, da dämmerte es bei ihm. Allerdings rief er dann lautstark nach seinem Anwalt. Schmöck wird bei uns nichts mehr sagen, das ist sicher. Umso wichtiger ist jetzt, dass wir etwas in dem Waldstück finden."

Gerrit und Martina nickten. Ihre ernsten Gesichter zeigten, dass sie sich der Bedeutung ihres Auftrags durchaus bewußt waren. Gemeinsam mit dem Urgestein der Kriminaltechnik Hans Gerlach würden sie sicher dieser Bedeutung auch entsprechen. Nichts sollte übersehen werden!

„Guckst du dir bitte noch mal die Ermittlungsakte an", fragte Landau seinen Mitarbeiter Lukas Grote, den ‚Genauen'.

Kriminalhauptkommissar Grote war sich darüber im Klaren, dass er damit beauftragt werden würde. In den meisten Fällen war er derjenige, der die Akte ordnete. Nicht nur sein Chef fand, dass Grote als äußerst penibler Beamter prädestiniert für diese wichtige Arbeit war. Grote hatte sich die Ermittlungsakte bereits auf seinen Schreibtisch gelegt.

„Schade". Claudia Kaufmann meldete sich zu Wort.

„Was ist schade?" Landau war irritiert. „Warum sagst du das?" „Schade, dass der Schmöck nach seinem Anwalt schreit und dass es keine Vernehmung gibt." Claudia Kaufmann hätte zu gern die Angaben des Verdächtigen zu Protokoll genommen.

Landaus Bürotür öffnete sich.

„Hier ist Herr Schmöck", kündigte der in der Tür stehende Malte Magens an und drehte sich zur Seite. Hinter ihm erschien der Tatverdächtige in

Begleitung von Harad Vossen und Antje Queen Wolmbach. Schmöck blickte stur geradeaus und würdigte Landau keines Blickes. Monoton forderte er: „Ich will mit meinem Rechtsanwalt sprechen."

„Rechtsanwalt?", entwiderte Christian Landau, „welcher Rechtsanwalt denn? Name?"

„Rechtsanwalt Delling aus Klosterhausen", anwortete Schmöck. Landau erinnerte sich. Schmöck hatte schon einmal nach Delling gerufen. Da war er kurz vorm Umkippen gewesen, kurz vorm Geständnis. Landau war laut geworden, sehr laut. Diesmal war Landau ausgesprochen höflich. „Selbstverständlich, Schmöck, der Herr Delling bekommt Nachricht. Sie warten bitte solange in der Gewahrsamszelle. Alles klar?"

*

Es war bereits 14.30 Uhr an diesem trüben Dezembertag. Es wollte gar nicht richtig hell werden. Die Nebelschwaden zogen durch den Bansdorfer Wald. Eine Szene wie für einen Gruselfilm gemacht, dachte Martina Bell, als sie mit Gerrit Nielsen und Hans Gerlach in das Waldstück fuhr.

„Wir verschaffen uns erstmal einen Überblick", sagte Hans Gerlach in seiner nüchternen und sachlichen Art. Gerlach konnte man mit nichts aus der Fassung bringen, außer, jemand würde ihn bei der Spurensuche und -sicherung stören. Dann konnte er fuchsteufelswild werden.

Der an allen vier Rädern angetriebene T4-VW-Bus hatte erst im hinteren Bereich des Waldes Schwierigkeiten voranzukommen. Dort, wo das Moor durch den dichten Wald langsam sichtbar wurde, dort lohnte sich der Allradantrieb. Gerlach überlegte, ob er die Fahrt noch fortsetzen sollte. Er befürchtete, sich hier in dem morastigen Wald festzufahren und dachte daran, dass dies dem Gewin Schmöck hier wohl passiert sein könnte.

„Da vorn, siehst du?" Martina hatte etwas entdeckt.

„Tatsächlich, da sind Aschereste", war die objektive Feststellung vom Spurensicherer. Er hielt den Bus an.

Deutliche Falten zogen auf seine Stirn, als er Gerrit Nielsen dabei beobachtete, wie dieser hastig zu der Stelle eilte, wo die Aschereste auf dem Waldboden lagen.

„Renn' da nicht so dämlich durch", fauchte Hans Gerlach den Ermittler an.

„Hier kommt es auf jede Kleinigkeit an."

Gerrit Nielsen zuckte zusammen. So war er schon seit seiner Praktikumszeit nicht mehr zurechtgewiesen worden. Es war vielleicht bezeichnend, dass es damals auch Gerlach gewesen war, der ihm deutlich gemacht hatte, dass neue weiße Schleiflackschlafzimmer nicht zwecks Fingerspurensuche unbedingt mit Rußpulver eingepinselt werden sollten. Artig gehorchte Gerrit und wartete auf weitere Anweisungen des Kriminaltechnikers.

„Wir brauchen hier mehr Licht", sagte Gerlach, und schon hatten Martina Bell und Gerrit Nielsen jeweils eine leistungsstarke Handweitleuchte in ihren Händen. Dann ging Gerlach in die Knie und suchte Zentimeter für Zentimeter den Waldboden ab. Der Bereich, der so intensiv abgesucht wurde, hatte eine Größe einer Tischtennisplatte. Im Anschluß daran holte Gerlach ein Sieb und schaufelte die mit Erde vermischte Asche durch.

„Der hat das Zeug hier ganz gut vermengt", beurteilte Hans Gerlach die Ergebnisse seiner Arbeit.

„Aber da müssen doch Knochenreste übrig sein", das gibt's doch gar nicht." Martina Bell war enttäuscht.

„Schmöck hatte Zeit genug. Er kann öfter hier gewesen sein, um richtig aufzuräumen", überlegte Gerrit Nielsen scharfsinnig.

Martina schaute eher zufällig an den Rand des abzusuchenden Bereichs. „Was ist das denn?" Schon war sie am Rand des Bereichs und bückte sich. „Oha, ich glaube, wir haben den Beweis."

*

Rechtsanwalt Delling konnte für seinen Mandanten nichts mehr tun. Der Haftrichter entsprach dem Antrag von Staatsanwalt Lautenberg und erließ den Untersuchungshaftbefehl gegen Gerwin Schmöck wegen Mordes an Marianne Petersen.

Das Beweisstück, das Martina Bell gefunden hatte war zwar klein, aber eindeutig. Es war die Münze mit dem Hundekopfmotiv, die Cornelia Rüster ihrer Freundin Marianne geschenkt hatte.

*

Christian Landau hatte noch eine ganz schwere Aufgabe. Er mußte Insa Petersen die Hoffnung endgültig nehmen.

Gemeinsam mit Martina Bell suchte Landau die Mutter zu Hause auf. Martina erinnerte sich auf dem Weg zum Überbringen der Todesnachricht an ihr gleichnamiges Seminar. Sie überlegte noch einmal, wie sie sich verhalten sollte, wenn sie der Mutter gegenüberstehen würde und auch, wie man ihr die Nachricht bringen sollte. Landau hatte sie gefragt, ob sie das mit ihm gemeinsam machen würde.

Martina Bell mußte kein Wort sagen, als die Mutter die Tür öffnete. Insa Petersen sah die Kriminalbeamtin stumm an, danach Christian Landau. Der nickte leicht. Dann sank sie in sich zusammen. Ihre Hoffnung, dass ihre Tochter zurückkehren würde, war in diesem Augenblick gestorben.